Tabla.

A queda do Imã

Tradução
Safa Jubran

Apresentação

Quando eu era criança, costumava ver Deus em meus sonhos. Ele tinha o rosto justo de minha mãe ou o caridoso de meu pai. Minha colega de escola Fátima Ahmad também via Deus em seus sonhos e, para ela, Ele tinha o rosto duro do pai ou o cruel do tio.

Quando eu era pequena, descobri que o rosto de Deus aparecia geralmente para minhas colegas com o rosto do pai delas e, às vezes, com o da mãe. O problema é que o rosto de Deus não pode ser visto nem com os olhos das crianças nem com os dos adultos. Deus só pode ser visto quando dormimos, e Seu rosto tem as feições daqueles que estão mais próximos de nós.

*

Tentei escrever esta história quando jovem, ainda na escola, mas todas as minhas tentativas fracassaram. A ideia, as personagens e as sensações estavam em minha cabeça. Tudo era tão vívido! No entanto, não conseguia encontrar as palavras. Esta história me acompanhou por muito tempo e, nos últimos dez anos, com bastante insistência. Fitava-me com os olhos de suas personagens quando eu estava acordada ou dormindo e quando eu viajava, dentro ou fora do país. Quando conheci a iraniana Chahbani Chiraz, que me contou a história de sua filha pequena, estuprada por seus carcereiros; quando me encontrei com a sudanesa Fátima Tag Assirr, que me levou para conhecer a Associação dos Amputados, na qual estavam seu filho e seus colegas com as mãos cortadas de acordo com a lei religiosa; e depois, quando dividi uma cela de prisão durante três meses no Egito com Ítidal Mahmud e outras jovens egípcias, a história começou a me perseguir. Toda vez que eu via o rosto de um governante em uma fotografia, ou sua cabeça por debaixo de um turbante ou de uma boina militar, ou quando seus olhos me fitavam nos sonhos; toda vez que eu viajava para o Líbano e escutava o estrondo das bombas do Hizb-Allah, que eram respondidas do outro lado pelas bombas do Hizb-Achaitan; e quando viajei para Meca e li, nas placas fixadas nos muros, as boas-vindas aos hóspedes do Arrahman, e vi atrás do muro um homem e uma jovem acompanhados pelo Diabo; e em meu vilarejo, Kfar-Tahla, quando via o rosto de minhas primas camponesas; e em Alqanatir, o rosto dos condenados à prisão perpétua; e nos necrotérios e hospitais do Ministério da Saúde; na Jordânia, em Salt, nas linhas de combate, no rosto das crianças que tomavam leite e temiam a radiação, ou que fugiam da luz como se fosse a radiação. No rosto das meninas, cobertos por véus pretos, nos festejos, nas campanhas eleitorais, nas sessões de evocar alguns espíritos e expulsar outros; no aparecimento da Virgem Maria e na imagem da Cruz estampada nas vestimentas das mulheres... a história me acompanhou e suas personagens me perseguiram. E toda vez que me sentava para escrevê-la, ela me escapava por entre os dedos, feito mercúrio. Sobretudo o Imã, uma personagem oportunista, bajuladora e hipócrita, que adotou comigo o estilo de fugir e surgir, e de ir e vir. Fugia quando eu me aproximava, e se aproximava quando eu fugia; e a personagem do Opositor Legal, que prevaricou tanto a ponto de eu querer desistir dela, mas a mão do Imã estava sempre pronta para puxá-la e mantê-la a seu lado. Segurava-a firme e não me deixava omiti-la, para que não faltasse democracia à história.

As personagens femininas, adultas ou crianças, eram mais sólidas e estáveis. No entanto, o nome Bint-Allah me causou longas noites de insônia; tentei várias vezes alterá-lo — afinal, o nome em si já é uma violação do sagrado. Como uma menina pode ter um nome proibido (além de carregar em seu ventre um fruto proibido?). No cristianismo, pode-se dizer "Filho de Deus" para se referir a Cristo, mas dizer "Filha de Deus" é impensável. Contudo, a própria Bint-Allah pergunta na história: Como seria se eu fosse a Virgem Maria e desse à luz uma menina? Minha filha não seria a Filha de Deus, não a chamariam de "Crista" e não faria parte do rol dos profetas?

Tive dificuldade em mudar seu nome, pois assim era chamada desde que nasceu até a hora de ser apedrejada e morta. Cheguei a abandonar o romance e rejeitá-lo totalmente; afinal, como podem as personagens e seus nomes se imporem a mim? O curioso foi que, quando o abandonei, ele começou a se aproximar e a me passar o comando; entregou-se a mim por livre e espontânea vontade e, quando me sentei diante das folhas em branco, observei-o se escrever sozinho. Não interferi na vida pessoal das personagens, a não ser quando precisei omitir alguns tabus linguísticos ou infringir certos valores humanos, em especial na personagem do Imã. Não pude, na ficção, dar-lhe o poder absoluto que tem na vida real e disse a mim mesma: Pelo menos no romance, terei um pouco de liberdade e poder.

Nawal El-Saadawi
Cairo, fevereiro de 1987

A busca começa

Era a noite da Grande Festa. Depois de uma longa perseguição, alguém me atingiu por trás. Eu corria no escuro à procura de minha mãe, só meu cachorro me acompanhava. Fui atingida nas costas. Virei-me para lhes mostrar o rosto. Desapareceram. Eles não podem olhar para o sol. Dormem o dia todo e se levantam à noite. Desconhecem a honra de competir, de lutar. Atingem por trás.

Antes de cair e me esquecer das letras, perguntei: Por que vocês sempre deixam o criminoso livre e matam a vítima? Eu sou jovem. Minha mãe morreu virgem. Responderam: Sua mãe foi apedrejada até a morte, e você é filha do pecado. Mas, antes de eu me esquecer das letras e perder a consciência, disse: Eu não sou filha do pecado, e no orfanato me chamavam de "Bint-Allah". Mesmo que eu perca a memória, não esqueço do rosto de minha mãe. Quando nasci, ela me deixou para ir lutar contra o inimigo. Mártir pela Pátria. Disseram: Sua mãe nunca foi leal à Pátria, nem a Deus, nem ao Imã, e, infiel, morreu; o Inferno é sua morada.

Antes que o sangue abandonasse meu cérebro e a memória se esvaísse, eu disse: Minha mãe nunca foi traidora. Antes de eu nascer, meu pai a abandonou e foi embora. Perguntaram: Quem é seu pai? Respondi: O Imã. Retrucaram: Cale-se! Que sua língua seja arrancada!

*

Antes da morte, cortaram sua língua. O Imã governava segundo a lei de Deus. Apedrejar até a morte a mulher adúltera, cortar a mão do ladrão, arrancar a língua de quem espalha boatos sobre mortes pelo leite envenenado por radiação e jogar todas as bebidas alcoólicas no rio.

Na véspera da Grande Festa, longe dos guardas do Imã, as pessoas costumavam descer ao rio, beber até desmaiar e, ao despertar, arrepender-se e pedir perdão. O Imã concedia o indulto no dia da Grande Festa: as portas das prisões eram abertas, e delas saíam os mortos, os mártires, as vítimas da radiação nuclear, as mulheres apedrejadas e os ladrões que tinham mãos e pés amputados em diagonal. Essa era sua chance de se libertar, mas os espiões do Imã a viram. Ela correu seguida por seu cão. Pouco antes do amanhecer, quase conseguiu escapar, mas foi atingida nas costas. Antes de cair, indagou: Por que vocês deixam o criminoso livre e matam a vítima? As vozes se esvaíram no silêncio. Sua mente ficou manchada de escuridão; sua memória, preta ou branca, sem nenhuma letra, exceto o nome da mãe.

Eles não sabem ler

A escuridão é impenetrável, sem lua nem sol. Não se sabe se é noite ou dia escuro em uma floresta densa. De repente, de algum lugar, surge uma luz fraca, como o brilho de uma tocha na mão de algum guarda, ou do Chefe da Segurança. Na luz, vê-se a sombra de um corpo fugindo. Pelo jeito de correr sabe-se que é humano, não bicho. Constata-se que é uma mulher, não um homem. Dois seios, arredondados e firmes. Jovem, bem jovem; ossos miúdos, pele lisa como a de uma criança, e da cor do lodo do rio; rosto comprido, olhos puxados, qual deusa dos tempos antigos. Olhos grandes, íris pretas como o olho da noite. Seus pequenos pés correm sem parar, na mão direita carrega o que parece ser o galho de uma árvore. Nua como quando nasceu; a genitália escondida sob a asa da noite, ou por uma folha verde-escura. Correndo, o corpo brilha na luz, igual peixe, dividindo o universo em duas metades. Um fulgor, e a noite volta ao que era. Ela e seu cão somem, quase escapam.

Mas da penumbra aparece um bando de espiões do Imã, liderados pelo Chefe da Segurança. Homens enfileirados, enormes corpos peludos. Cada um carrega na mão direita uma pedra ou uma arma afiada. Correm atrás da menina.

Ela é mais rápida que eles. Conhece melhor os segredos do lugar. É sua terra, onde nasceu e morreu.

Ela teria escapado se não tivesse parado para encher o peito com o cheiro do lugar.

*

Quando parei ao pé da colina entre o mar e o rio, pela primeira vez depois da derrota na última guerra, e, quando minha mãe morreu no caminho de casa, meu espanto não foi tanto; mas quando subi a encosta da colina, deixei escapar um grito de surpresa, o galho caiu de minha mão e meu coração tremeu. Chamei o nome de minha irmã, ciente de que ela estava vindo atrás de mim. Vinte anos se passaram desde que nasci e sonhei com esta colina. O cheiro do ar não despegou de minha memória. Lembrava-me de cada curva desta terra. As três palmeiras, o sicômoro, a colina que dava para o vale verde, a maresia... Senti o cheiro de minha mãe. Esta terra era a minha pátria.

*

Ela teria escapado se não tivesse parado para encher o peito com o cheiro de sua vida. O tiro a atingiu pelas costas e, como uma flecha, alcançou seu coração. Ela caiu... sangrava... o cão a seu lado. Os pássaros voaram assustados, enchendo o universo com seu pranto. Os céus ecoaram o canto dos galos; o grasnido dos corvos e o relincho dos burros eram acompanhados pelo latido dos cães. Era quase alvorada. Homens de túnica branca e barba preta se levantaram, fixaram alto-falantes nos minaretes e nas abóbadas, com fios elétricos dependurados. A voz, feito trovão, chamava as pessoas para a oração e para aclamar o Imã. De repente, o som sumiu quando a eletricidade acabou. O silêncio de novo reinou e as pessoas voltaram a dormir. O crime aconteceu no escuro, ninguém viu. Mas o universo assistiu... também as árvores, a colina, o mar e o rio. Ela ficou preservada na forma de uma rocha, com seu cão ao lado. O corpo vivo se petrificou (esse é um fato científico. Na história, o homem da caverna viveu trezentos anos com seu cão no bojo da terra).

Ela era uma menina sozinha, tinha apenas o cachorro como companheiro. (Suas irmãs vieram depois.) O mundo de então se parecia com o que vivemos hoje. O céu, a terra, as árvores, as casas, o rio e o mar.

*

É o mar Mediterrâneo? É o rio Nilo?, perguntei. Os nomes aqui são diferentes, e o tempo também, mas o lugar é o mesmo... e o sol também, responderam. As espigas de trigo são iguais e a búfala tem o couro preto e quatro patas, e eu consigo vê-la, de longe, descer até o rio e nadar, e seu dorso brilha sob o sol. Fecha os olhos com prazer e flutua com preguiça. Depois sai da água e anda relaxada. Para na beira do campo de alfafa e mastiga devagar; balança o rabo. Levanta as orelhas, escuta com atenção o chiado da roda-d'água, vê a mulher amarrada com corda e de olhos vendados. A mulher girava a roda e havia um homem atrás dela que batia em suas nádegas com uma vara toda vez que ela parava. Espantada, perguntei: Uma mulher girando uma roda-d'água enquanto a búfala descansa? Responderam: Aqui seguimos as leis da oferta e da procura. No mercado, uma búfala vale mais que uma mulher. Um homem tem quatro mulheres, mas só uma búfala. O campo se estende como faixa verde ao longo do rio. Uma fileira de búfalos nada ao sol. Atrás da faixa verde, estão o deserto e as areias amarelas. Se você seguir pelos lados da colina, encontrará os salteadores. Hienas e urubus comem apenas carniça. Só o homem come carne viva. Tigres devoram veados, mas se abstêm da carne humana; a carne de veado é rara, mas a humana é fácil de encontrar. Crocodilos são traiçoeiros, cobras são tortuosas e seu couro é macio, mas seu veneno é mortal. Aqui não existe lealdade, exceto entre os cães. Era noite ainda. Havia insetos com corpo de mosquito, gafanhotos e até ratos... Havia também répteis e outras criaturas que corriam sobre quatro pernas. Mas onde estão as pessoas?, perguntei. Não vejo ninguém. A menina assassinada desapareceu, e seus assassinos também. Aonde foram os seres humanos?, perguntei de novo. Aqui eles existem aos milhões, como mosquitos no ar. Você não pode vê-los a olho nu. Eles vivem nas profundezas da terra, em cavernas subterrâneas, em casas como túmulos. Temem a luz, achando que é fogo. Temem os raios do sol, pensando que são radiações nucleares, o grande mal, vindo de detrás do oceano, despachado pelas Grandes Potências em latas de leite em pó, ou que são a ira de Deus descendo sobre eles. Mas por que Deus está furioso com eles? Eles não sabem. Eles não sabem que crimes cometeram. Eles não conhecem a palavra de Deus, porque está escrita e eles não sabem ler nem escrever. Eles nem sabem o que são palavras. Tudo o que sabem é murmurar, gritar, aclamar ou vociferar. Perguntei: Não é possível se comunicar com eles? Sim, é possível, se você falar a língua deles, usar roupas de homem ou esconder suas partes vergonhosas atrás de um véu. Que partes vergonhosas, se estou vestida com toda a minha roupa?, perguntei, surpresa. Então eles apontaram com os dedos afiados para meu rosto. Um medo repentino tomou conta de mim, e minha língua tremeu. Mesmo assim, perguntei: Quem disse isso? Deus, responderam. Mas a palavra de Deus é escrita e vocês não sabem ler, como puderam entendê-la? Eles se calaram... se olharam... levantaram os olhos para o céu e apontaram para a imagem pendurada no topo do monumento construído em comemoração à Grande Vitória. Olhei para cima e perguntei: Quem é ele? Abismados, indagaram: Você não sabe quem é? Para onde quer que você olhe, você o verá. Sua imagem está pendurada em todos os lugares: nas ruas, nas paredes, nas lojas, nos arcos, colunas e monumentos à Vitória. Seu nome é Imã e ele está em toda parte. Mas aquele que está em todos os lugares não está em lugar nenhum, argumentei. Nós juramos lealdade eterna a ele. Ele é nosso senhor. O Imã viu Deus e conheceu sua palavra, disseram. Onde foi que o Imã viu Deus?, perguntei. Deus lhe apareceu em sonho, responderam.

O chamado da mãe

Quando eu era criança, Deus costumava me visitar durante o sono. Falava comigo com uma voz suave, igual à de minha mãe. Quando os disparos soaram e vi a imagem do Imã cair no chão, comecei a correr. Não temi a morte. A morte é mais fácil quando acontece rápido. Uma cabeça decepada por uma espada ou um tiro no coração. Morrer lentamente é o verdadeiro terror.

Eles me amarraram com cordas, jogaram-me em uma vala, então atiraram pedras em mim, uma após a outra, um dia após o outro. Cinquenta, cem ou mil dias. Mesmo se meu corpo morresse, a alma não desistiria. Atirar as pedras iria exauri-los antes que eu morresse; suas mãos sangrariam antes que minhas veias secassem. Meu espírito inalaria a terra e a areia, transformaria meu corpo em rocha, que rebateria as pedras. De longe, pude enxergar a rocha firme sobre a colina entre o mar e o rio. Parada no escuro, me esperando. Desde que me deu à luz, ela me espera. Vinte anos se passaram e ela, reta e imóvel. Sua voz são sussurros... o farfalhar das folhas ao vento. Como uma voz vindo das profundezas da terra: Bint-Allah, venha!

Chamavam-me de "Bint-Allah", e Marzuq era o nome de meu cachorro, que me acompanhou desde que nasci e ficou comigo até o fim. Ele não sabia ler nem escrever, nunca leu a palavra de Deus, mas era o único que conhecia a verdade. Ele sabia que eu era inocente do sangue do Imã. Como poderia matá-lo? Afinal, era meu desconhecido pai, e, se não fosse por ele (e por minha mãe, também desconhecida), eu não existiria. Ninguém sabia que eu era filha dele, exceto minha mãe e meu cachorro. Foi Marzuq que a viu ajoelhada no chão chorando baixinho, e foi Marzuq que o viu fugir na escuridão. Viu seu rosto e guardou suas feições. Toda vez que via sua imagem pendurada em algum lugar, latia bem alto. Ninguém entendia seu latido porque as pessoas não compreendem a língua dos cães, mas os cães conhecem a língua dos humanos e, como eles, têm uma memória que guarda as histórias. Marzuq se lembrava do jeito que o Imã estava quando saiu correndo. Correu atrás dele e o pegou por trás, rasgou sua calça acima da nádega esquerda e um pedaço do pano ficou preso entre seus caninos. Era de cor cáqui, como o uniforme do Exército, e cheirava a suor e perfume barato. Largou o trapo atrás dele e continuou correndo, com medo do cão. Dava para escutar seus passos, na sola do sapato havia uma ferradura. Corria sem parar, sempre olhando para o céu. Tinha grande fé em Deus. Conceda-me a vitória sobre meus inimigos; realize os desejos de meu coração. Os olhos saltados, cheios de esperança. Lábios grossos, ávidos por possuírem o universo. Um trono no céu e outro na terra. Um palácio com vista para o mar no verão e outro no sul para o inverno; além de um palácio no Paraíso por onde corriam rios, efebos e *huris*. Com a língua seca, sedento, ofegante e de boca aberta, corria sem parar. A privação antiga, desde a infância, inquieta, desejo doentio de possessão, não se saciava. A esperança imensa em Deus. O sinal da fé na testa, um círculo gravado. Na mão, carregava uma *massbaha* de contas amarelas; na anca direita, a espada dentro da algibeira; a mão esquerda sobre a nádega esquerda tentava esconder o rasgo na calça.

*

Sumiu na noite murmurando palavras de gratidão a Deus, seu hálito exalava o vinho e o suor de uma mulher pobre, e Marzuq não parava de latir, mas ninguém o escutava. Os fogos coloridos da festa explodiam no ar e o Imã proferia pelos alto-falantes seu discurso, que começava com "Em nome de Deus" e terminava com "O Profeta seja louvado". Depois do discurso, dispersaram-se; cada um desapareceu em sua casa, todos extasiados com a vitória, tendo na boca o gosto da derrota. Nas ruas surgiram homens portando facas. Gritavam alternadamente: Açougueiro!, depois o silêncio reinou, mas foi seguido pelo balido do animal sacrificado vindo de todas as casas. Forte fumaça e cheiro de churrasco. Depois da refeição, vestiram as roupas novas, calçaram os sapatos com ferraduras e saíram pelas ruas agradecendo a Deus pela fartura. Na mão esquerda uma *massbaha* e na direita, uma pedra. Hora de apedrejar Satanás.

Amarraram-na com cordas, fizeram uma roda, competiram entre si quem acertava a pedra primeiro. Seu umbigo era o sinal do Diabo. Ao ganhador eram concedidos a medalha de Cavalheirismo e Honra, um palacete ao lado do palácio do Imã e algumas *huris* também.

O solo estava frio e, em suas narinas, sentiam o cheiro da terra. O peito descoberto, os braços e as pernas abertos, o som dos tambores no ouvido... Os fogos da festa... risos de crianças, balões coloridos. Procurou pelo rosto de sua filha entre os rostos das outras crianças e avistou o semblante pálido. Acenou para ela e chamou-a bem baixinho: Bint-Allah, venha!

*

Desde que minha mãe me deu à luz, eu escuto seu chamado na brisa e no farfalhar das folhas. Sua voz está gravada em minha memória como se fosse na pedra. Ela, de pé na escuridão sem se mexer... Uma rocha em forma de monumento, coberta por um véu preto que oculta seus contornos, envolvida por uma luz de fonte desconhecida. As mãos grandes sobre o peito escondem algo deste mundo. Seus dedos entrelaçados sobre o coração... as feições afiadas, porém relaxadas. Deu a vida sem receber nada em troca. Nos olhos, tinha a dor da descoberta. O susto se foi, mas a tristeza ficou, como uma luz, uma nova visão do mundo. O corpo esguio, sem o peso da carne, tal qual um espírito ou um sonho, não carecia de gestos nem de palavras. Palpável dentro de uma bola de ar. Cabeça erguida. Perdeu tudo, mas não a si mesma. Sorriso nos lábios. Descobriu os segredos do mundo e arrancou os véus do céu. Seu sofrimento... sulcos nos ossos do rosto; seus olhos cheios de brilho, esperando o apagar da chama derradeira.

O guardião fechou a última porta no palácio do Imã e balbuciou o versículo do Trono, para afastar demônios e espíritos malignos. Todos dormiram: o Imã, seus espiões, os demônios, os anjos e os deuses. Até as árvores e o vento dormiram. Ela, sozinha, permaneceu acordada, olhava ao redor com cautela. Ninguém a via. Inclinou-se até sua cabeça quase tocar o chão e afastou do peito o objeto guardado. Com a palma grande, carinhosa qual a mão de Deus, ajeitou a terra, limpou-a de pedras e de seixos. Pulverizou o chão com terra fina, macia como peito de mãe. E me deitou para dormir.

Eu estava dormindo, meu rosto pálido aparecia pela abertura da túnica branca. Meu peito subia e descia, a respiração profunda de uma criança. Uma de minhas mãos rastejou para fora da manga... a palma aberta, como o gesto de súplica durante o sono... prece silenciosa. Tirou o xale de lã preta e, com cuidado, me enrolou. Minha mão tocou o dedo dela e o segurou com força, sem soltar. Seu dedo ficou em minha mão enquanto durou a noite, enquanto durou a respiração em seu peito. Depois começou a retirá-lo muito devagar, e o sangue foi deixando meu coração, lentamente. Meu corpo tremeu no instante da separação e despertei. Eu a vi de pé olhando para mim. Sua cabeça no céu e seus olhos, dois astros a brilhar na noite. Então ela se virou e foi embora. Costas altas, passos largos, sem pressa, sem vagar. Mexia livremente os braços no ar, como se o possuísse. Foi se distanciando, cada vez mais, sem que seu tamanho minguasse, até que desapareceu.

As Crianças de Deus

Quando ouvi os disparos, eu o vi cair. No instante da queda, seu rosto mudou, não era o que eu conhecia. Era estranho, nunca o vira antes, um rosto que não pertencia a um homem, nem a um pai, nem a um Imã. Não era um rosto de homem nem de animal. Era um daqueles rostos terríveis de meus pesadelos de infância, ou das histórias contadas pela velha avó que me amamentou — histórias de ifrites e djins. Como todas as outras crianças naquela casa, nunca conheci minha avó verdadeira. Não sabíamos nada sobre nossos pais, mães ou avós. Muitas crianças, sem pai nem mãe, nem avó... nos chamavam de "Atfal-Allah", Crianças de Deus, e eu fui chamada de "Bint-Allah", Filha de Deus. Nunca encontrei Deus em pessoa. Achava que Ele era meu pai, e que minha mãe era Sua esposa.

Dormindo, em meu sonho, eu a via parada, esperando por Deus. Na noite escura, todos dormiam e ela estava lá, sozinha, no mesmo lugar onde eu sempre a encontrava. Estou deitada no chão, posso ver seu rosto lá no alto, no céu. Seus olhos luzem e sua voz me chega em sussurros: Bint-Allah, venha! Saio da cama e caminho descalça em direção à voz, que me chega de longe. Abro a porta e olho para fora. Não há ninguém. Caminho por um corredor comprido. Não há ninguém.

Há uma porta fechada, que não abre. Uma janela que dá para o pátio. Em um salto, alcanço o peitoril da janela, deslizo e ando ao longo de uma parede. Os braços à frente e o corpo equilibrado; meus movimentos são leves como uma pluma. Os pés mal tocam o chão. Como um espírito sem corpo, sigo pela borda sem cair. Salto para o pátio, caio de quatro, feito gato. Fico parada, quieta, auscultando para captar qualquer som no escuro. Começo a ouvir sussurros vindos de detrás de uma porta fechada. A porta é de madeira pintada de verde brilhante, como um campo de trigo verde. Um feixe de luz passa por uma rachadura na madeira.

Quem está aí no escuro? Eu. Eu quem? Bint-Allah. Venha aqui, Bint-Allah.

Entro em um quarto pequeno, à meia-luz. A esposa do guarda está de pé atrás da porta, vestida com uma larga túnica preta e com um lenço branco amarrado na cabeça; seus braços cor de terra estão estendidos em minha direção. Seus olhos brilham feito estrelas na noite. Seu rosto é macio como peito de mãe. Seu peito sobe e desce em um soluço baixo. Seus seios estão cheios de leite... Ela aperta o mamilo escuro e rígido entre os dedos, espremendo a dor. O leite jorra, gota a gota. O berço ao lado está vazio. O marido dorme, ronca. Tem o rosto coberto por rugas e pelos. Está enrolado em uma coberta lisa, que deixa à mostra sua cabeça calva. Ele abre os olhos de repente e me vê nos braços dela. Olha para mim com olhos vermelhos de raiva e grita: Não é minha filha! É filha de quem? É Bint-Allah, Filha de Deus, a mulher responde. Ele levanta o braço no ar e sua mão despenca com força no rosto dela: Adúltera! Filha de adúltera!

Abri meus olhos no escuro. Muitas camas e muitas cabeças. Perto de minha cama estava uma garota de minha idade cujo nome é Nímat-Allah. Eu a chamava de irmã. Ela tinha o cabelo preto sedoso, esparramado sobre o travesseiro, os olhos bem abertos e suspiros como soluços. Sussurrou com doçura: Bint-Allah, venha! Deixei minha cama e me deitei ao lado dela. Ela me abraçou, seu corpo tremia. Estou com medo, ela disse. Medo de quê? Medo de Deus. Por quê? Não sei. Você não tem medo de Deus? Eu sou Bint-Allah, como posso ter medo de meu pai?

Ela me segurou mais firme e eu pude ouvir seu coração bater. Seu peito era macio como peito de mãe. Dormimos abraçadas até a alvorada. Antes do nascer do sol, ela me acordou, dizendo: Bint-Allah, volte para sua cama.

As ordens eram rigorosas. Dormir tinha hora... e sino. Ninguém podia deixar a cama. Se duas crianças fossem pegas na mesma cama, a punição era severa. Na parte de trás do pátio ficava a cela de punição, e histórias terríveis eram contadas sobre o que acontecia lá. Diante da porta havia um homem enorme. Sua cabeça calva brilhava na luz, seu rosto era largo, coberto de pelos, e ele tinha olhos estreitos e profundos; na mão direita segurava uma vara comprida e, na esquerda, uma *massbaha* amarela.

À noite, minha irmã me abraçou. Chorou com soluços sufocados e depois começou a contar a história de sua mãe. Ela foi visitada por Deus e engravidou, como a Virgem Maria. Usou um vestido largo para esconder a barriga crescida. Ela deu à luz de noite, quando todos dormiam, mas os espiões do Imã viram tudo. Eles a levaram, amarraram e apedrejaram. Abraçada a Nímat-Allah, eu perguntei: Se Deus era a causa, por que a mataram? Ela não tinha uma resposta. Adormeci sem conhecer o segredo. No sono, vi Deus na forma de um homem, parado no escuro, com a mão direita atrás das costas. Seu rosto estava coberto de pelos, mas sua cabeça era calva e brilhava na luz. De olhos fechados, meu corpo tremia debaixo da coberta. O homem moveu a mão atrás das costas, levantou-a diante de mim, abriu os dedos, mostrou-me que não estava segurando uma vara. Com uma voz gentil, sussurrou: Bint-Allah, venha! Pude sentir a mão dele me tocar, grande, me acariciava... sua pele era macia como peito de mãe. Deitei minha cabeça no peito dele e fechei os olhos. Enquanto ele acariciava meu rosto, sua mão foi descendo lentamente até meus seios; em seguida, até a barriga. Meu corpo estremeceu e se arrepiou. Podia ouvir sua voz sussurrar em meu ouvido: Não tenha medo, Bint-Allah. Eu sou Deus e você dará à luz o Cristo.

Acordei tremendo, assustada. Ainda estava escuro. Meu corpo banhado de suor que cheirava a Deus. Deslizei a mão por minha barriga, apalpei minha gravidez. Algo se movia dentro de mim como um feto. Seu coração pulsava, acompanhando as batidas do meu. A noite estava escura e o amanhecer ainda não havia rompido. Aos poucos, uma luz fraca começou a rastejar pela persiana; acima de minha cabeça, o teto era alto e cinza. Dele descia o fio da lâmpada, coberto por pequenas moscas pretas. Pretas eram as cabeças das crianças que apareciam fora das cobertas. Minha irmã estava dormindo, o cabelo cobria seu rosto. Fechei os olhos, tentei voltar a dormir, mas o cheiro de Deus continuava em minhas narinas. Sua voz ecoava em sussurros em meu ouvido. Escondia a mão atrás das costas, mas eu não sentia mais medo, porque ele não carregava a vara e sua pele era macia como o peito de minha mãe. Aproximava-se de mim a passos lentos. Seu rosto apareceu sob a luz, mas não era o mesmo rosto de antes. Seus olhos vermelhos chispavam de raiva e seus dedos de ferro apertavam meu pescoço; tentei me soltar e correr, porém estava atada ao chão. Abri a boca para chamar minha mãe; a voz não saía, mas em meu ouvido algo reverberava.

Que barulho é esse? Fogos da festa? Canções... ou gritos?

O rosto velho do papai

Escutei os disparos e vi o corpo do Imã cair diante de meus olhos. Seu rosto estava suspenso no céu, refletindo os raios do sol. Então o estrondo ecoou qual trovão e a luz se transformou em radiação nuclear. O rosto do Imã se curvava lentamente em direção ao chão, foi ficando da cor da terra. No palco, seu rosto luzia como a face de Deus; na queda, turvou e ficou igual ao rosto do Diabo. Eu nunca conheci o Diabo pessoalmente, mas sabia como ele era por causa de meus sonhos e das histórias contadas pela velha avó no orfanato. Costumávamos nos reunir em torno dela e ouvir histórias de demônios e espíritos malignos até o sino anunciar a hora de dormir. Isso foi nos dias do orfanato, quando eu não conhecia minha mãe nem meu pai. Em meus sonhos, eu via Deus com duas caras: uma suave e gentil como peito de mãe, outra coberta de pelos e assustadora. Ele sempre aparecia para mim na forma de um homem, o primeiro homem que vi na vida, e as crianças o chamavam de papai. Surgia do nada, eu não o via entrar nem sair pelo portão. De repente, estava lá, no pátio, com as pernas afastadas, como se surgisse do chão ou descesse do céu. Os músculos de sua face nunca se mexiam. O rosto coberto de pelos; tinha uma barba longa. Usava uma camisa branca aberta, mostrando o peito peludo e largo com grandes costelas, um peito firme com mamilos pretos, enrugados e visíveis por debaixo do tecido fino. Ao redor da cintura, usava um cinto largo tão apertado que empurrava os músculos em direção às costas. As nádegas ficavam encolhidas dentro da calça de couro. Proeminente era o osso das pernas, arqueadas abaixo dos joelhos. Mas as coxas eram alongadas como as de um tigre e se encontravam abaixo da barriga em um pequeno inchaço do tamanho de um limão.

Segurava sempre uma vara na mão direita, enquanto com a esquerda arrastava com força o braço de uma garotinha ou um garotinho para a cela de punição. Depois de fechar a porta, voltava para o pátio, sentava-se em uma cadeira de bambu e chamava as crianças. Sentávamos em círculo ao redor dele em bancos de madeira, e a aula de religião começava. Recitava com uma voz vagarosa e grave, segurando a vara em uma mão e o livro de Deus na outra. *Diz: Eu me refugio no Senhor do amanhecer, contra o mal daquilo que Ele criou, contra o mal da noite quando entenebrece, contra o mal das sopradoras dos nós*. Eu fechava os olhos e dormia, via no sonho aquelas feiticeiras na forma de águias pretas voando no céu sobre minha cabeça. Acordava com sua voz rugindo: Qual a punição para o roubo? Cortar a mão, respondiam as crianças em uma só voz. Qual a punição para o adultério? Apedrejamento até a morte, gritávamos em coro. Então, tudo ficava em silêncio. Podíamos ouvir a respiração um do outro. Nímat-Allah, sentada a meu lado, me perguntou baixinho, com seus olhos bem abertos para acomodarem todo o medo do mundo: O que é adultério? Fechei os olhos e segurei a respiração, tentando escapar de volta para o sono; e de novo fui acordada pela voz rugindo: *Diz: Ele é Deus, o Único, Deus, o Absoluto, não gerou e não foi gerado e não há ninguém como...* Nímat-Allah aproximou-se tanto de mim que sua cabeça tocou a minha; então sussurrou: Deus não gerou o Cristo?

A voz dela mal podia ser ouvida, não era mais forte que uma respiração, mas os olhos profundos dele se viraram para nós rapidamente e ele gritou bem alto: Quem falou? Não podia mais ouvir nada, exceto o barulho da vara cortando o ar uma e outra vez. Diante de meus olhos, eu podia ver o sacrifício do carneiro amarrado por uma das patas dianteiras e sua tentativa desesperada de se libertar, balindo ininterruptamente. As crianças lançavam olhares furtivos para o animal, enquanto escutavam com atenção a voz rouca que recitava: *E enquanto dormiam, a voz de Deus falou com o pai, ordenando-lhe que sacrificasse seu filho; e quando o pai acordou, ele agarrou o filho e pôs uma faca em sua garganta.*

As crianças ficavam cada vez mais próximas, como se uma tentasse se esconder na outra. A vara comprida que girava sobre as cabeças e brilhava como uma faca acabou pousando sobre o pescoço de Fadl-Allah. Ele estava sentado perto de mim, enrolado sobre si mesmo, como um feto. Seus dedos, azuis de frio, buscaram refúgio em minha mão, e ele tentou puxar sua túnica de algodão cru por cima dos joelhos descobertos. Seu rosto estava pálido, e o banco de madeira rangia embaixo dele como seus dentes, que batiam de tanto frio. Apertei sua mão na minha e, com uma voz inaudível, me perguntei: O que teria feito o filho para que o pai pensasse em matá-lo? Mas ele me ouviu. Pois ele podia nos ouvir mesmo antes de abrirmos a boca, e nos via sem que pudéssemos vê-lo. Ele gritou: Um pai não questiona

Deus e um filho não questiona o pai. Obedecer a Deus é obrigação, e obedecer ao pai e ao marido é parte da obediência a Deus!

Ele levantou a vara pousada no pescoço de Fadl-Allah, apontou-a na direção do carneiro amarrado a uma estaca e disse: Este animal será sacrificado por ocasião da Grande Festa. Vamos comer sua carne, porque nosso senhor Abraão obedeceu à vontade de Deus e Ismael obedeceu à vontade de seu pai. E foi com essa fala que a aula de religião terminou. Ele desapareceu do pátio da mesma forma que apareceu. Fadl-Allah ficou sentado no banco, incapaz de mover as pernas, com a cabeça apoiada nos joelhos.

O sino anunciando a hora de dormir tocou. Levantei-me do banco, e Fadl-Allah me seguiu. Sua túnica estava colada no corpo. O banco estava molhado. Passei a mão para que ninguém percebesse. O cheiro de urina encheu minhas narinas. Sequei a mão na túnica e me escondi no banheiro. Da janela pude ver a cela de punição e, além dela, a cúpula da igreja e o minarete da mesquita. A cela estava escondida sob a sombra de uma árvore enorme, coberta por uma espécie de névoa que lhe conferia uma atmosfera misteriosa, quase divina, como se fosse do outro mundo. A porta era de madeira pintada de amarelo e tinha uma maçaneta de metal branco com manchas secas que pareciam sangue.

Meus olhos estavam fixos na maçaneta. Ela não se moveu, e Nímat-Allah não saiu. Fechei os olhos, dormi, depois acordei, a porta continuou fechada. A meu lado estava Fadl-Allah, que retirava um pão de debaixo da túnica. Senti o cheiro de pão fresco. Eu não tinha comido desde a aula da manhã, então nos sentamos abraçados no peitoril. Minha túnica cheirava à urina dele, sua túnica cheirava a suor meu.

Nímat-Allah ainda estava na cela de punição. Eu disse a mim mesma: Quando eu crescer, vou matá-lo.

Como se ouvisse tudo que dizíamos, ele apareceu na nossa frente, enorme como um gigante. Os músculos do rosto contraídos, os pelos do peito eriçados, despontando pela abertura da camisa. O peito firme e os mamilos escuros tesos. As pernas afastadas, como tesoura. Os olhos fixos sobre nós, deitados no peitoril. Farejando, suas narinas se alargavam; dentro delas havia pelos pretos.

*

Era minha vez. Entreguei-me a ele como se fosse a Deus, para que me conduzisse, conforme seu desejo, a meu destino fatal. Acordei e me vi deitada na cama. Senti umidade sob meu corpo, e sobre minha coxa havia algo quente e pegajoso, como suor. Toquei minha coxa por debaixo da coberta e levei a mão para perto dos olhos sob a luz. Meu dedo estava coberto de sangue vermelho.

Apenas uma vez na história

Eu corria com Marzuq quando a punhalada me atingiu pelas costas. Antes de eu esquecer as letras e perder a memória, lembrei-me de que estava completamente vestida. Eles apontavam para meu rosto, que chamaram de minha vergonha. Mesmo morto, meu corpo tremeu.

*

Quem disse isso?, perguntei. A palavra de Deus, responderam. Mas Sua palavra está escrita e vocês não sabem ler nem escrever. Permaneceram em silêncio por um bom tempo. Entreolharam-se, levantaram os olhos para o céu, apontaram para a imagem que estava pendurada no monumento à Vitória. É nosso senhor, o Imã, que viu Deus e conhece Sua palavra. Onde o Imã viu Deus? Deus o visitou enquanto dormia. Antes que toda a memória se esvaísse, recordei e disse: Mas Deus também me visitou enquanto eu dormia. Deus não visita as mulheres nem lhes aparece. Deus apareceu para a Virgem Maria, e ela era uma mulher. Aconteceu uma única vez na história, e Deus é grande demais para repetir o que fez uma vez. Deus visitou o Profeta Muhammad e revelou-se a ele em visão várias vezes, e antes disso Ele visitou Abraão; então por que Ele repetiu a mesma coisa com o Imã?, perguntei. Eles permaneceram em silêncio por um longo tempo. Entreolharam-se e levantaram os olhos para a imagem pendurada. Eles disseram que ele viu Deus muitas vezes, mas eles mesmos nunca O viram.

O Chefe da Segurança

Estava muito escuro, como se o sol tivesse se apagado. Ela fugia correndo e seu cão, atrás dela, levantava poeira. Os espiões do Imã seguiam a trilha, perseguiam-na acompanhados por cães que latiam.

O Chefe da Segurança parou, tirou um lenço de seda pura do bolso, limpou os olhos e as lentes dos óculos. Desde que foi promovido ao novo posto, passou a usar óculos escuros. Assim, via as pessoas sem que elas pudessem observar o movimento de seus olhos. Afinal, era o Chefe da Segurança e sua função era garantir a segurança do Imã e dos membros do Hizb-Allah. Ele costumava se sentar na primeira fila à direita do Imã, bem colado a ele. À esquerda do Imã ficava o Grande Escritor, cuja caneta sempre despontava do bolso da camisa. Tinha o olho direito postado no trono e o esquerdo, na varanda reservada para as mulheres do harém. Ao lado dele ficava o Opositor Legal, e a segunda fila atrás deles era reservada aos ministros de Estado, cujos ombros e pernas se tocavam e cuja mão direita se posicionava sobre o coração. Os estrangeiros, de pé em silêncio, os rostos e sapatos brilhando, mantinham suas mulheres na varanda reservada para o harém, onde também ficavam as esposas de todas as personalidades importantes do Estado; e, no meio, estava a Esposa Legal do Imã, vestindo o rosto de anjo e levando no peito a medalha da Honra.

O Chefe da Segurança olhava de soslaio para a Esposa Legal, que olhava para o Grande Escritor, que trocava com ela olhares apaixonados. O Imã, no entanto, tinha os olhos presos no céu, pois acreditava que Deus era seu melhor apoio nesses tempos de turbulência política e crise econômica. O Opositor olhava o trono com o olho direito, mantendo o esquerdo no Chefe da Segurança, com quem trocava sorrisos e, à noite, bebiam brindando à amizade e à lealdade. Eram amigos mortais, o Chefe da Segurança, um membro do Hizb-Allah, e o Opositor, um membro do Hizb-Achaitan; ambos foram criados e oficializados pelo Imã. Eram como irmãos de pais diferentes, unidos pela mesma mãe; pais rivais atados pelo ódio e pelo amor à mesma mulher.

*

Eu estava na primeira fila. As aclamações ressoavam com os canhões disparados na comemoração da Grande Festa. O Imã olhava para o céu azul, mas eu continuava observando as pessoas por trás dos óculos escuros. Captava cada movimento antes de acontecer; vi a mão se levantar e vi o dedo no gatilho antes de atirar. Eu os conhecia um a um, via a cabeça deles se perder entre mil cabeças. Homens ou mulheres, suas feições estavam em pastas em minhas gavetas. Avistei-a na multidão, tentando esconder a cabeça atrás da pessoa a sua frente. Reconheci-a imediatamente, o rosto delgado e pálido, igual ao da mãe; adúltera filha de adúltera, sempre agindo às escondidas, conspirando com movimentos clandestinos de oposição. Uma mulher miserável que nada tem além de um corpo que vendia pelo preço de uma refeição. Uma vez, quando mais jovem, eu a procurei... ela era muito nova, quase uma criança. Antes de eu começar a primeira rodada, ela me disse: Mostre a cor de seu dinheiro. Perguntei: Não confia em mim? Você é do tipo que vive do suor de uma mulher, ela respondeu. Fiquei mudo. Como essa garota me conhecia tão bem, revelando minha realidade? Peguei o dinheiro e enfiei na gaveta ao lado da cama dela. Então a montei uma, duas, três, várias vezes, até que ficou exausta e dormiu. Abri a gaveta, peguei todo o dinheiro e saí antes que acordasse. Ano após ano, juntei dinheiro e construí uma casa de tijolos vermelhos de três andares, casei-me com a filha do ministro e me tornei membro do Hizb-Allah. Nunca vi minha mulher antes do casamento. Usava véu; casta, não descobria a cabeça na presença de homens. Casei-me com ela de acordo com a lei de Deus e do Profeta. Comprei-a com um dote alto e houve uma grande celebração na presença de todos os notáveis, inclusive do Imã. Mas, na noite de núpcias, os lençóis permaneceram brancos. Disse a mim mesmo: Alguém deve tê-la tomado antes de mim, mas Deus há de me recompensar. A honra do ministro é mais importante do que minha honra. Deus é misericordioso e indulgente e eu não poderia me pôr acima dele. Bati nela até que confessou; então a perdoei, assim como Deus faz com Suas criaturas. Eu me tornei seu senhor e ela me adorava, deitava sua cabeça aos meus pés. Era minha propriedade e não tinha nenhum poder sobre mim. Quanto mais eu a bania, mais apaixonada ficava; contudo, eu só desejava quem me recusava. Eu me lembrava de minha mãe, que dizia a meu pai: Você é minha sombra sobre a terra; quando fujo de você, você me segue, corre atrás de mim. Eu ouvi o Imã dizer: Só me preocupam aqueles que se opõem a mim sem minha autorização. Então eu notava, por trás de meus óculos, o olhar dele se desviar na direção dela, que estava atrás da multidão. Os olhos dela cheios de recusa; os olhos dele, de desejo. Eu disse a mim mesmo: Ninguém mais o mataria, ela seria sua morte, pois, na história, o mais poderoso dos reis só teve seu fim nas mãos de uma mulher vadia.

A Esposa Legal

O grito de "Deus está com você!" se repetia e reverberava em seu ouvido. Os brincos de diamante tremiam com as vozes, enquanto o Imã estava envolto por milhares de luzes. Branco feito mármore, o pescoço dela sustentava um colar de pérolas de cinco voltas. Esplêndida como o sol, a medalha usada como broche pousava em seu peito e, em seus dedos, anéis com pedras brilhavam feito estrelas. Lá estava ela na varanda reservada ao harém, cercada pelas esposas dos dignitários do Estado: vestindo rostos tensos e caríssimos véus importados por cima dos vestidos de seda. Ela, orgulhosa, esticava o pescoço em direção ao marido, que esticava o dele em direção a Deus.

Seu coração batia forte entre as costelas; sobre o coração, bem abaixo do seio, havia a tatuagem de uma cruz com Jesus pregado nela. Levantou a mão, fez o sinal da Trindade: o Pai, o Filho e o Espírito Santo. Virgem, Nossa Senhora, proteja-o de seus inimigos. Deus me perdoe! Ó Senhor! Ó Enviado de Deus, proteja-o! Eu abdiquei a Cristo por causa do amor. Abandonei meu nome e o nome de meu pai; larguei minha família, meu país e minha fé... joguei tudo ao mar. Estava cansada de lavar pratos e dividir o ar com milhares de pessoas nos túneis subterrâneos. Sorria para rostos que não sorriam para mim. Lá na igreja, todo domingo, eu pedia a Jesus que me salvasse da fome. Vinte anos se passaram sem que o Pai, ou o Filho, ou o Espírito Santo me salvassem. Então apareceu o Imã, que me salvou. Eu o vi sentado em seu trono e me apaixonei por ele no primeiro olhar. Levou-me em seus braços e, desde aquele momento, pude olhar para o céu. Descobri o Paraíso na terra e aprendi a ter fé em Deus e em seu Profeta. Agora, tenho jardins, palácios, servos, cortesãos e rios de vinho e de mel. Quando levanto a cabeça, a dos outros se abaixa. Eles sorriem para mim, mas eu não sorrio para eles. Caminho na frente dos ministros rodeada por brilho. Inauguro hospitais e orfanatos. Meu nome já está gravado com luz na História. Sou a esposa do Imã, ninguém poderia ocupar meu lugar no trono. Nenhuma mulher se compara a mim em beleza, nem em conhecimento, nem em fama.

"Deus está com você!" As aclamações continuaram a ecoar em seus ouvidos. Ela olhava para ele, que olhava para o outro lado. A cada disparo de canhão, o coração dela disparava. Os aviões sobrevoavam o lugar e a cabeça descoberta do Imã, que tinha o peito sem o colete à prova de balas. Lá estava ele na tribuna, exposto, sem nenhuma proteção, exceto a de Deus e de seu Profeta. Proteja-o do mal, Nossa Senhora Maria. Atrapalhou-se, pediu perdão. Sua língua mencionava Deus e o Profeta, mas seu coração chamava por Cristo. Proteja-o, meu Deus, de seus inimigos, dos invejosos e das invejosas e das sopradoras dos nós, encabeçados por sua ex-esposa, escondida na multidão bem atrás, tendo por debaixo da túnica um papel com palavras mágicas dobrado feito amuleto, pedindo a Deus que o transforme em macaco.

Deus! Proteja-o da ardileza das mulheres, pois é magnífica. Quanto a sua filha ilegítima, ela deseja sua morte desde que nasceu. Ela esconde a cabeça entre as outras cabeças e, em sua mão direita, há algo comprido parecido com um instrumento letal.

A cada nova ovação, as batidas de seu coração reverberavam em seus ouvidos. O que foi isso? Tiros? Seus olhos, azuis como o mar, viram o rosto dele despencar das alturas para o chão e todos os outros rostos desaparecerem quando a poeira se levantou. Ela abriu bem os olhos para despertar do sono, mas descobriu que sempre esteve acordada, que não estava sentada e que não havia um trono debaixo dela... que também parecia ter desaparecido. Teria ele virado de cabeça para baixo? Fez o sinal da cruz. O que aconteceu, Virgem Maria, nossa mãe? Fechou os olhos quando viu o rosto de sua mãe, redondo como o sol: a Mãe, a Filha e o Espírito Santo. Ó Deus, rogo por Seu perdão: o Pai, o Filho e o Espírito Santo.

Deus está com o Imã

Escutei os tiros. Meu olhar estava voltado para o reino dos céus. Por um único instante, eu me distraí do reino da terra. Foi quando ele aproveitou e atirou. Não vi seu rosto, não podia dizer quem era. Talvez um membro do Hizb-Achaitan. Eu os conheço de perto e também a seu líder. Era um mero desconhecido, esquecido; fui eu quem o trouxe da escuridão para a luz, dei-lhe nome e existência. Ordenei que se tornasse o Opositor Legal. Eu lhe disse: Você pode se opor a todas as ordens, exceto às minhas, pois sou o único soberano na terra e o líder máximo do Hizb-Allah. Você terá um palácio na praça da Liberdade, uma mesada, um jornal diário e um assento no Conselho Consultivo e no Parlamento.

Vi seu rosto se iluminar com um sorriso radiante. Quando jovens, fomos colegas na mesma escola. Ele costumava fechar os olhos e sonhar com sua imagem na primeira página do jornal. Sonho que se repetia todos os dias. Eu também sonhava em ver minha imagem nas primeiras páginas, mas estas eram reservadas aos chefes de Estado, aos líderes de partido, aos assassinos e às assassinas, ou às grávidas por incesto. Na escola, ele se sentava a meu lado. Suas calças eram caras, de lã. As minhas, rasgadas atrás... eu cobria os furos com as mãos. Meu pai era um pobre camponês que sonhava em me ver guarda no palácio do Imã. O pai dele era abastado; viajou para completar os estudos no exterior, aprendeu línguas estrangeiras e usava roupas modernas. Casou-se com uma mulher que acreditava em Cristo e não falava árabe. Loira, pernas brancas... como as *huris*, tinha a pele transparente, podia-se ver a carne por baixo. Eu a fitava com olhos de quem nunca esteve com uma mulher.

Tive muitas mulheres na vida, mas a pobreza grudou-se a mim como a pele. O medo da fome me acompanhava; não importava quanto comia, não me satisfazia, e, por mais que o futuro parecesse seguro, eu não serenava. Todos os dias via minha imagem nos jornais, ou pendurada e iluminada por toda parte. Todos os dias, eu fechava os olhos e o antigo sonho me visitava: eu me via sentado em dois tronos, um na terra e outro no céu. Desde a infância, via Deus em meus sonhos. Seu rosto era o rosto de meu pai, coberto por rugas, trilhas do tempo salpicadas por marcas de varíola. Na pupila direita havia uma pequena mancha branca, vestígio de pus de uma inflamação antiga. Usava uma túnica e uma touca de lã puídas. Chamava-me com a voz alta de meu pai: Ó tu, Imã! E eu respondia: Às ordens, meu Senhor. Ele prosseguia: Eu concederei a ti o que desejas sem limites, seja na terra ou nos céus, mas com uma condição. E qual seria essa condição, meu Senhor?, eu exclamava. Ele estendia o braço em minha direção, e eu podia ver que segurava algo na mão. Entre os dedos rachados, como os de meu pai, eu podia enxergar uma *massbaha* de contas amarelas: São trinta e três contas; se passar cada uma três vezes, serão noventa e nove; a cada uma, profira um de meus nomes. Essa é minha exigência; ademais, com quem não lhe obedecer, use isto! Tirava uma longa espada brilhante de Sua bainha e posicionava a ponta bem perto de meu peito, quase atravessando as costelas. Uma vez, dei um rápido passo para trás e acordei, com os olhos arregalados de medo. Minha mãe notou meu rosto pálido e o coração tremendo. O que há de errado, meu filho? Esse não é seu rosto! Eu vi Deus! Mas Deus é bom, por que está tremendo assim? Ele tinha uma espada e a ponta quase atravessou meu peito. Ela cuspiu na abertura de sua túnica preta e disse: Era o Diabo, não Deus! Levante-se, lave-se e reze para que Deus lhe conceda o perdão.

Minha mãe costumava rezar ao amanhecer antes de ir para o campo e depois de novo à noite, quando voltava, mas nunca vi meu pai se ajoelhar em oração, nem uma vez sequer. Durante o jejum do Ramadã, ele comia, bebia, fumava narguilé e distribuía suas noites entre as quatro esposas de forma desigual, passando três noites com sua esposa mais nova e reservando uma única noite a minha mãe. Ele dizia: Deus perdoa todos os pecados, não importa quão graves sejam, exceto o pecado de crer em outro deus. Deus no céu e o Imã na terra. Antes de morrer, meu pai visitou o túmulo do Profeta em Meca. Quando voltou, passou a usar um manto em vez da túnica comum, e eu costumava ouvi-lo dizer que a peregrinação ao túmulo do Profeta anulava todos os pecados, não restando um sequer. Foi assim que meu pai morreu: sem pecados. Então, antes de minha mãe morrer, sugeri a ela: Por que não visita o túmulo do Profeta, assim poderá se juntar ao pai no Paraíso? Ela respondeu: Seu pai vendeu tudo antes de morrer e não me deixou nada; não tenho dinheiro para comprar uma passagem até Meca. Por isso minha mãe não podia anular seus pecados. Secou então suas lágrimas e disse: Se Deus lhe abrir as portas da prosperidade, meu filho, compre-me uma passagem para que eu possa visitar o túmulo do Profeta. Prometo fazer isso por você, mãe, não vou esquecer. Mas os dias se passaram e eu me esqueci da promessa e do rosto de minha mãe. Vinte anos, um após outro, se passaram sem que eu fosse visitá-la onde ela morava, na mesma casinha no Sul. Meus olhos estavam sempre olhando para o céu, só viam Deus e o Hizb-Allah, a ponto de eu me esquecer de que existia um outro partido: o Hizb-Achaitan. Na verdade, o Hizb-Achaitan nunca teria existido se eu não tivesse decretado que sua criação era necessária. Eu disse a mim mesmo: Se não existisse Satanás, não existiria o medo, e sem o medo nenhum governante, nenhum imã, permaneceria no trono. O Hizb-Achaitan estará lá para constituir a oposição no Conselho Consultivo e na Assembleia Popular. O partido dirá "não" diante das pessoas e "sim" aqui em meu ouvido. Foi quando me lembrei do colega que herdara do pai terras e dinheiro, mas ainda lhe faltava a fama, um lugar para deixar o nome na história e ser lembrado. Além disso, ele já tinha visitado o túmulo do Profeta em Meca e se autointitulado *hajj*. Não tinha fé no coração e sua mulher não acreditava no Deus único; fazia o sinal da cruz e se ajoelhava para a Trindade: o Pai, o Filho e o Espírito Santo. Era loira como o mel, esbelta qual ramo fino de árvore e falava sete idiomas. Ele se gabava dela na presença das pessoas e sentava-se a seu lado nas festividades. Quanto a minha mulher, eu a escondia atrás de um véu e a fazia caminhar atrás de mim na rua. Ela não sabia escrever nem ler o Livro de Deus. Pouca inteligência, muita gordura, cabeça oca, traseiro cheio. Foi criada de uma costela torta, sem estirpe nem estima. Casei-me com ela antes que Deus me abrisse as portas da prosperidade. A pobreza nos uniu com um laço sagrado, mas, depois que subi ao trono, a antiga esposa não combinava com minha nova vida. O Conselho Consultivo me disse que o Imã tinha direito a uma nova casa, uma nova esposa e um novo manto da melhor qualidade. Trouxeram-me, então, lã fina importada e uma esposa refinada, importada também. Loira, cor de mel, olhos azuis como o mar e falava muitas línguas. Disseram que era direito absoluto do Imã, pois ele é o melhor dos homens e deveria ter uma esposa sem igual em beleza, conhecimento e riqueza, para acompanhá-lo nas viagens e representá-lo nas inaugurações; que usasse o traje oficial, que participasse dos aplausos e das aclamações, que recebesse a medalha nas celebrações da Vitória, vestisse o uniforme branco das enfermeiras, oferecesse doces aos feridos e mutilados e cantasse com as viúvas dos mártires, enquanto a bandeira era içada acima do monumento à Vitória com o rosto do Imã olhando com humildade para os céus. Vi Deus e tudo foi revelado para mim. Balbucio versículos de louvor a Deus, tendo nos lábios um sorriso largo em que também cabe o amor a Satanás. Em meus ouvidos ecoam as aclamações da multidão. Levanto minha mão direita no ar, mas meu lábio inferior cai sobre minha barba com a modéstia dos homens santos. Lá na tribuna, ereto, esbelto, vestindo o rosto do Imã, trago na fronte a marca da fé e no peito a medalha da Vitória; a minha direita está o Chefe da Segurança; a minha esquerda, o Grande Escritor; em seguida, o Opositor Legal; e, atrás de nós, as fileiras dos ministros, dos representantes das grandes potências e dos dignitários.

*

"Deus está com você!" Homens, mulheres, estudantes com uniformes de escoteiros, meninas vestidas de enfermeiras, soldados em suas calças cáqui, trabalhadores em macacões azuis, camponeses com túnicas e toucas, além dos grupos de danças populares com dançarinas e címbalos. Ovações, hinos, cantoria, tambores e fogos de artifício de mil cores. Pombas brancas, seguidas por aviões carregados de bombas que expiraram há muitos anos. O som das palavras "Deus está com você!" vibrava em seus ouvidos uma e outra vez. Seus olhos, levantados para os céus, indagavam: Se Tu estás a meu lado, ó Deus, por que sofro derrotas? Por que escondes de mim o segredo da bomba atômica, revelando-o aos inimigos infiéis? Por que privar Teus humildes servos e seguidores fiéis? Clamo por Teu perdão, pois não se deve questionar os motivos nem justificativas de Tuas ações. É Tua vontade e eu não devo me opor, pois a oposição só traz agravos. Eu pensei que esse Satanás que está a meu lado desempenharia o papel de opositor dentro dos limites prescritos por meus decretos, que ele serviria para me conceder a reputação honrosa de um homem de liberdade e de democracia. Mas não, ele não observou seus limites. Tornou-se arrogante e vaidoso, encheu os jornais de fotos dele e, muitas vezes, manipulou para que fossem posicionadas acima das minhas. Sorri para mim como um anjo e depois me ataca pelas costas. Ele fica ao lado dos representantes das Grandes Potências durante as celebrações, mas não tira os olhos da varanda de meu harém.

Minha nova esposa estudou ciências políticas no exterior. Ela tem uma teoria sobre a arte de governar e de domar os homens. Ela me disse: Segure sua vara no meio e não bata o tempo todo. Dê umas batidinhas no ombro das pessoas com a mão carinhosa de uma mãe e na próxima vez bata forte na cabeça. Vamos, você e eu, alternar os papéis: quando você bater, eu chego sorrindo qual anjo e, quando facilitar ou relevar, eu assumo a vara e puxo as rédeas. Eu disse a ela: Você cuida da oposição e do Hizb-Achaitan. Vou domar os homens; o homem é uma criança, mesmo quando iça a bandeira da rebelião, mas a mulher é uma serpente, é o Diabo, mesmo quando se cobre com um véu e se junta às fileiras do Hizb-Allah, ela disse. Mas meus inimigos são todos homens; entre as mulheres, só tenho duas inimigas: uma velha esposa que eu arranquei de mim junto com minha velha túnica e uma filha ilegítima, fruto de um momento imprudente de embriaguez, comentei. Sua velha esposa tem asas quebradas e não é mais capaz de voar nem de prejudicar; sua filha é o verdadeiro perigo, pois em seu coração carrega um rancor antigo e não vai sossegar senão com sua morte, retrucou. Mas uma filha nunca mataria o pai, mesmo que ele a estupre como um lobo; ela me ama e confessa sua lealdade a mim, argumentei. Você é quem a ama e o amor é cego, e enquanto você estiver sob os refletores, ela se esconderá na penumbra das últimas fileiras à espera do momento certo para atacar, afirmou. Ninguém tentará me matar além de um membro do Hizb-Achaitan, ou um mercenário contratado por algum partido secreto, ou um inimigo enviado de uma terra estrangeira, eu me opus. Seus inimigos são muitos, Imã, e quanto mais Deus elevar sua posição, mais numerosos eles se tornarão; não saia na rua sem seu colete à prova de balas, foi sua resposta. Deus é minha proteção, retruquei. Quando as balas falam, Deus não é suficiente, disse ela, olhando-me diretamente nos olhos; ao que eu respondi: Que Deus nos perdoe pelo que você disse, mulher! Você de fato é uma infiel e não removeu a cruz de seu peito. Você não confia no poder de Deus para me proteger de todo perigo? Não crê em Deus e no Profeta Muhammad? Desde a noite de núpcias, eu expulsei Cristo do coração e depositei minha confiança em você, em Deus e em seu Profeta, mas temo seus inimigos que se escondem e sei que evitar é melhor que remediar, ela retomou. Mas não estou indo me encontrar com os inimigos, vou ao encontro de meu amado povo e de meus prezados soldados, cujo coração transborda de amor por mim e lealdade aos nossos votos sagrados, retruquei. Posso ouvir suas vozes se juntarem ao poderoso refrão: Vida eterna ao Imã! Você não escuta, mulher?

O Guarda-Costas

O Guarda-Costas, uma espécie de dublê, não sabia nada sobre os assuntos do Estado nem do imamato. Suas funções eram bem definidas. Consistiam em pôr o rosto de borracha do Imã, vestir-se como ele e imitar sua postura. Ninguém poderia distingui-lo do verdadeiro Imã, exceto Deus e o Chefe da Segurança. O ouvido do Guarda-Costas captaria o mínimo ruído; por isso, em qualquer momento que percebesse um som semelhante a um disparo, ele se jogaria na frente do Imã e, com seu peito, interceptaria a bala destinada ao líder. Assim, morreria com aquele sentimento de felicidade sublime, tendo em volta do pescoço uma corrente com a chave do Paraíso, concedida apenas aos mártires e aos profetas. Morreria tranquilo, sabendo que sua esposa seria promovida a viúva do Grande Mártir, receberia uma pensão especial duplicada e seria condecorada com uma medalha da Terceira Ordem. No rol dos servidores do Imã, ele tinha uma designação oficial: Guarda-Costas. Apenas pessoas com qualidades únicas podiam aspirar a ocupar esse posto tão especial, que implicava grandes riscos, mais que qualquer outro cargo no governo. Exigia total devoção e lealdade ao Imã, sem nenhuma hesitação, pois esta, se existisse mesmo que apenas por um momento, poderia significar o fim do Imã. Se, no instante em que a bala fosse disparada, o Guarda-Costas hesitasse em se jogar para interceptá-la com seu corpo, ocorreria a maior das catástrofes. Uma completa ausência da capacidade de pensar era, portanto, o primeiro e mais importante requisito para quem se candidatava ao cargo. Era o Imã em pessoa quem escolhia o Guarda-Costas. Os candidatos desfilavam a sua frente, enquanto ele se sentava no balanço no jardim do palácio. A escolha era feita depois de testes cuidadosos das células cerebrais dos candidatos; e os resultados eram registrados em uma folha de papel extremamente branca. Qualquer mancha ou ponto preto no papel poderiam, no mesmo instante, levantar dúvidas quanto à adequação do requerente, uma vez que isso significaria que uma de suas células cerebrais era capaz de pensar. Você está disposto a morrer pelo Imã? Sim, e com muito prazer.

Todos diziam "sim". Nunca houve um "não". No entanto, o Imã não confiava no que as pessoas diziam. Ele acreditava apenas no aparato eletrônico, o único capaz de distinguir entre verdade e mentira. Era um teste difícil, e apenas uma pessoa em um milhão tinha êxito. Depois do exame cerebral, era a vez do corporal, que não era menos difícil. Muitas aptidões precisavam ser avaliadas: a capacidade da orelha de se esticar ao máximo, de modo que fosse ouvido o som da bala antes de sair da arma; a disposição do corpo de encontrar a morte em um único salto; a capacidade de assumir a forma e a consistência do corpo do Imã para que os dois se tornassem indistinguíveis; a agilidade necessária para cair e morrer, sem que ninguém tivesse percebido ou escutado o disparo, geralmente baixo, já que viria de uma arma moderna equipada com um dispositivo para abafar o som, e já que a ovação "Deus está com você!" seria tão alta que suprimiria qualquer som, caso existisse. Na fração de segundo em que o Imã levantasse a cabeça para o céu e tivesse sua atenção totalmente desviada da terra, a arma seria disparada. O Guarda-Costas então saltaria para receber de bom grado a bala em seu peito e cairia aos pés do Imã sem chamar a atenção de ninguém. Seu corpo desapareceria imediatamente, sendo substituído por outro corpo com o mesmo tamanho, porte e rosto de borracha, que ele usaria para se passar pelo Imã. Era impossível para qualquer um distinguir entre o verdadeiro Imã e o falso; nem sua própria esposa era capaz.

Toda vez que saía pela porta, o Guarda-Costas tinha a sensação de que seria a última e de que não voltaria. No entanto, saía ciente e contente de estar caminhando para a morte, levando a chave do Paraíso com uma fileira de dentes afiados pendurada no pescoço em uma corrente fina de prata. Às vezes se perguntava como abriria a porta do Paraíso com essa chave. O Paraíso teria uma porta como a das casas? Radwan, o porteiro do Paraíso, o deixaria abrir a porta? Muitas perguntas passavam por sua cabeça, parado no meio da multidão escutando a ovação, que as células de seu cérebro se esforçavam para descartar, uma após a outra. Ninguém notava que ele estava pensando; afinal, a corrente elétrica estava cortada e o detector de mentiras não funcionava. O Chefe da Segurança ficava de olho nas últimas fileiras e no olhar do Imã, preso no céu. Enquanto isso, o Guarda-Costas adotava a mesma postura do Imã, olhando para o céu o tempo todo. Quando o Imã acenava para a multidão, ele repetia o gesto. Ninguém poderia detectar diferença alguma entre os dois. Ele conseguia imitar o modo de andar do Imã, que era peculiar, pois mancava um pouquinho, e o pé direito pisava no chão com mais força que o esquerdo, que era torto desde a infância. Falta de cálcio no leite materno. A pobre mulher nunca tinha ouvido falar de raquitismo e pensou que a deformidade na perna de seu filho tivesse sido causada por mau-olhado; então ela amarrou uma conta azul no pescoço dele com uma corda e o vestiu com roupas de menina.

O Imã tinha a habilidade de estar em dois lugares ao mesmo tempo, mas ninguém, exceto o Guarda-Costas, conhecia o truque. O Imã sussurrava em seu ouvido. Muitas vezes era uma ordem para substituí-lo em alguma reunião ou celebração, ou em uma das sessões do Conselho Consultivo, ou na oração de sexta-feira na mesquita, ou em uma missão no exterior.

Assim, ele caminhava à frente das personalidades importantes do Estado e dos ministros sem que ninguém tivesse a menor suspeita de que ele não era o Imã. Nem o próprio Guarda-Costas desconfiava de si mesmo. Ainda que, em alguns momentos, uma dúvida fugaz passasse por sua cabeça, logo era dissipada pelas aclamações da multidão. Vestindo o rosto de borracha do Imã, caminhava confiante, de cabeça erguida, e recebia embaixadores e especialistas estrangeiros, com calma e serenidade. Na inauguração de abrigos, ele cortava a fita. Nas reuniões do Conselho Consultivo, ele permanecia calado como o Imã; ouvia os relatos dos ministros, acenava com a cabeça em um gesto de que estava acompanhando ou desviava o olhar para o alto como se estivesse perdido em pensamentos profundos. Ninguém notava que ele não estava pensando, que sua mente abandonava o corpo, deixando-o no assento do Imã, e fugia para o andar térreo.

Da porta dos fundos do palácio, ele saía com os serviçais, disfarçado com seu rosto verdadeiro, pulava para dentro de um ônibus ainda em movimento e saltava dele antes de pagar. Caminhava pelos becos estreitos, chutando as pedras com seus sapatos pontiagudos até chegar em casa. Sua mãe o recebia com um abraço caloroso. Ele sentia em sua roupa o cheiro de pão novo e de esterco. Como pôde esquecer sua mãe por tanto tempo, por vinte anos ou mais?, ela o repreende. Já se passaram vinte anos? Eu não estava aqui ontem, mãe?, ele indaga. Aquele que se cobre com os dias está sempre nu, e aquele que se afasta do rei é sempre rei, ela afirma. A mãe o põe sobre os joelhos e o balança como a uma criança; conta-lhe tudo o que aconteceu desde a última vez que esteve ali: Neste inverno, minhas galinhas morreram de diarreia, e sua tia, que Deus tenha misericórdia dela, morreu de cólera. Seu tio foi a Meca peregrinar, mas não voltou. Sua prima foi mordida por um cão louco e seu pai me visitou no sonho e disse que estava me esperando lá no Paraíso. Meu filho, esqueceu o que me prometeu? Onde está minha passagem para o túmulo do Profeta? Ele enterra a cabeça entre seus seios e justifica: Não, mãe, não esqueci, mas você sabe como é com todos esses problemas sem solução que só Deus pode resolver: a dívida externa, a luta entre as Grandes Potências, a corrida espacial, os membros do Hizb-Achaitan, os bastardos e bastardas... e ainda essa dor, mãe, aqui, no peito. Com seus dedos ásperos e rachados, a mãe toca suavemente a ferida, depois a cobre com cinzas do forno ou pó de café, e ele dorme em seus braços até a ferida se fechar, ao som da voz da mãe acariciando-lhe o ouvido com seu canto triste.

*

De pé na tribuna, vestindo o rosto do Imã apenas um momento antes da queda, escutou sua voz, vinda de longe, como de um sonho, ou de um sonho dentro de um sonho. Muitas vezes ele sonhou que estava sonhando. Acordava, mas, ainda dentro do sonho, voltava a dormir e a sonhar outra vez que estava sonhando. Punha o rosto de borracha, ainda sonhando. Descia as escadas do palácio feito sonâmbulo. Pegava o carro do Imã e acenava para as pessoas. Nas reuniões do Conselho Consultivo, os ministros o viam sentado ali escutando com atenção sem ouvir, balançando a cabeça em sinal de que estava entendendo, mas não entendia. Coçava a cabeça de vez em quando como se pensasse profundamente, porém não pensava, afinal não pensar era a condição para o posto que ocupava.

Quando os canhões foram disparados e a escuridão cobriu o mundo, seu sangue gelou nas veias. Ele tinha medo da escuridão, desde criança. Temia as aclamações da multidão e o som dos tambores saudando a Vitória. Nesse momento, um tiro é disparado sem que ninguém perceba; ninguém cai, apenas ele. Morre sozinho, ninguém o acompanha. Seu corpo desaba sobre os pés, ele desaparece... e assim a autoridade é transferida de um para outro, com a mesma rapidez com que o rosto de borracha é transferido de um para outro. Ninguém do povo sente que algo aconteceu, que uma mudança ocorreu. O Imã permanece onde está, de pé, no alto, de cabeça erguida. Os fogos preenchem o céu, as aclamações enchem os ouvidos: "Deus está com você!".

Dupla face

De longe, minha infância parece feliz. O tempo consome a dor e só preserva a alegria na memória. Nos olhos, as lágrimas de tristeza se tornam janelas abertas para enxergar. Ainda vejo o rosto de minha irmã, e os olhos dela brilham em meus olhos no escuro da noite. Ela me leva em seus braços, e seu peito é macio e suave como o das mães. Quanto a meu irmão, carrego-o comigo aonde quer que eu vá, como o odor de meu corpo. Exalo-o no suor e no cheiro da flor. Seu corpo é meu corpo, seu cheiro é meu cheiro.

Na escola de enfermagem, vejo-me usando um vestido branco, meu cabelo enrolado dentro de uma touca branca. Qual anjo, movo-me entre as camas com leveza, meus pés mal tocam o chão. Um espírito sem corpo: alta, magra, como espectro. Minha voz é um sussurro; minha respiração, profunda como a de um bebê. Meus seios por baixo do vestido branco são pequenos e firmes. Tenho uma cama branca em um grande dormitório e uma gaveta de madeira com meu nome, Bint-Allah. A meu lado, está minha irmã, Nímat-Allah. Quando ela olha para mim, seus olhos brilham.

A escola de enfermagem se localizava em um prédio enorme, com paredes escurecidas pelo tempo. Era a primeira escola para meninas; só admitia órfãs, de pai ou de mãe. Ao lado da escola ficava o hospital militar. Tinha janelas brilhantes, envernizadas, e grandes terraços fechados com vidro e vista para o rio. Do outro lado do rio havia outra grande construção com uma história tão antiga quanto a escravidão. Suas paredes também eram escuras e manchadas com lodo, pareciam ser da mesma cor do solo. As janelas eram altas e revestidas com longas barras de ferro, como uma prisão. Os olhos das crianças eram avistados como estrelas brilhando em um mundo escuro. Atfal-Allah, "Crianças de Deus", na língua oficial. Atrás do orfanato havia um espaço aberto, de chão batido, amarelo, como o deserto, e, mais atrás ainda, uma colina baixa com vegetação espinhosa, conhecida como satânica. As pessoas acreditavam que essas plantas cresciam sozinhas contra a vontade de Deus. No meio da colina havia um edifício preto, tão antigo quanto Satanás. Suas paredes eram muito altas, atravessavam as nuvens, como se desafiando o céu. Suas janelas eram altas e revestidas de longas barras de ferro, exatamente como as janelas do orfanato. Por trás das barras viam-se cabeças de mulheres com os cabelos amarrados com lenços ou soltos. Eram longos e crespos, ou amassados pelo sono; piolhos caminhavam com suas patas finas, mesmo assim brilhavam sob o sol com as cores do arco-íris. Esse lugar era comumente conhecido pelas pessoas como "Casa da Alegria", ou "Casa das Prostitutas" nos arquivos do Chefe da Segurança.

De sua janela na escola de enfermagem, ela não podia ver o rio ou a colina. O enorme hospital militar bloqueava toda a vista, exceto por um pequeno pedaço de céu que aparecia por cima de suas paredes e por um feixe de luz delgado que chegava antes do pôr do sol.

Ela não tinha permissão de olhar pela janela, pois os terraços do hospital militar davam para as janelas dos dormitórios em que as meninas dormiam. Os médicos do Exército se inclinavam para dar uma espiada. No peito, exibiam uma série de barras coloridas e, no ombro, peças brilhantes de metal em forma de estrelas. A cabeça deles estava sempre coberta por quepes militares.

À noite, depois que o sino de dormir tocava, minha irmã inclinava a cabeça sobre a borda da cama e me contava uma história de amor. Sob a luz fraca, ela retirava uma fotografia de dentro da roupa: um homem com quepe, que tinha no peito uma medalha redonda como um disco. A borda do quepe lançava uma sombra cinza sobre a parte superior de seu rosto e ocultava o olhar e o nariz, sob o qual havia um bigode quadrado, cuidadosamente aparado, como o de Hitler. Ela beijava a fotografia e rapidamente guardava de volta debaixo da roupa, perto do coração; então começava a me contar sua história mais uma vez.

Ele tinha sido atingido por uma bala no peito e ela esteve a seu lado todo o tempo em que ficou acamado. Ele a chamava de "meu carinhoso anjo", e ela lhe acariciava a ferida enquanto passava a noite assistindo-o. Toda vez que ele abria os olhos, ela estava lá, de pé ou sentada ao lado da cama. Quando se ausentava um pouco para tirar um cochilo e a campainha soava, em um pulo já estava a seu lado; e, quando ele não a chamava, ela entrava na ponta dos pés, cobria-o se estivesse descoberto, dava-lhe água se estivesse com sede e lia para que ele dormisse. As únicas coisas que lhe interessavam eram os versículos do Livro de Deus e as notícias da guerra. Quando falava com ela, era sobre combate e morte.

Matara três homens e o quarto escapou depois de ter sido

atingido por uma bala no peito. No dia da Vitória, o Imã o condecorou com uma medalha. Desde criança era treinado para matar. Matava os pássaros nas árvores. Apoiava a espingarda no ombro, mirava na cabeça e apertava o gatilho. O passarinho caía morto no chão.

Eu a envolvia com meus braços, como a uma mãe. Seu corpo era pequeno e esguio como o de um pássaro, e meu coração ansiava por uma mãe. Eu enterrava a cabeça entre seus seios e chorava. Não quero que seja morta com balas, eu lhe dizia. Seus olhos brilhavam: É o amor que vai me matar, e não as balas, respondia.

Eu não sabia nada sobre o amor. Meu coração ansiava por dois braços que me segurariam em um abraço apertado sem dor. Toda vez que eu olhava para Nímat-Allah, meus olhos brilhavam com uma luz terna. Em minha gaveta ao lado da cama havia uma pilha de cartas que eu escrevi e não mandei a ninguém, pois no fundo eu tinha muito medo do amor e um medo ainda maior de Deus. No orfanato, eu rezava regularmente e Deus aparecia para mim no sonho como um homem. Ele passava a mão em meu ventre e eu ficava grávida de um Cristo. De manhã, quando eu rezava, a voz de Deus ressoava em meus ouvidos cheia de ira. Ele me amaldiçoava em voz alta, ameaçava me infligir uma punição cruel. Eu caía de joelhos e baixava a cabeça até o chão, suplicando por misericórdia. Repetia o gesto várias vezes, mas Sua voz continuava zangada. Cinco vezes por dia eu rezava e de nada adiantava, Sua ira não se acalmava. À noite, eu me enrolava sob as cobertas da cama e O observava enquanto se aproximava. Agora Suas palavras eram gentis e delicadas, e Seu rosto, tão suave quanto o luar. Seu braço carinhoso, igual ao de uma mãe. Ele me acariciava, enchendo meu coração com o mais puro amor. Meu ventre crescia com a gravidez sagrada. Depois se virava, e eu O chamava baixinho, achando que Ele nunca mais voltaria; Ele olhava para mim outra vez, Seu rosto era completamente diferente, um novo rosto, sombrio, fechado, com olhos raivosos. Eu abria a boca para gritar. Meu corpo ficava atado ao chão e eu não podia me mover. Assustada, eu acordava banhada em suor e, sobre uma folha branca, escrevia as primeiras palavras de uma carta que não seria enviada a ninguém: *Vi Deus em sonho. Ele tinha duas caras. Uma suave e gentil como o rosto de uma mãe, e outra como o rosto de Satanás.*

As primeiras letras do amor

Não nos era permitido olhar pela janela. Os terraços do hospital militar davam para as janelas da escola de enfermagem; assim os militares podiam espiar do alto as meninas. O prédio do hospital era enorme e obstruía a luz do sol, mas no fim do dia, quando eu estava perto da janela, um raio esguio me alcançou. Eu podia sentir os dedos grossos da enfermeira-chefe me puxando para trás. Era uma mulher de meia-idade, de estatura baixa, e usava um longo véu branco sobre o vestido comprido, como as freiras. Tinha um rosto claro arredondado e mãos gordas. No peito, três estrelas e a medalha da Caridade, um disco dourado em formato de broche preso do lado esquerdo. Sob a seda fina de seu uniforme, os seios grandes balançavam, abrindo caminho, enquanto as nádegas enormes se demoravam atrás dela, uma se levantava enquanto a outra descia, como se fossem duas metades mal encaixadas. Quando estava de pé, seus braços ficavam bem perto do corpo, e, quando caminhava, um deles balançava enquanto o outro permanecia imóvel. Durante o dia, tilintava sobre o piso com seus saltos metálicos, mas à noite caminhava, descalça, na ponta dos pés. Fazia a ronda nos dormitórios como uma alma penada, sem corpo, flutuando na noite; e, ao passar pelas portas, seu vestido se movimentava, parecendo um sussurro de ar. Seu rosto rígido não movia um só músculo, mas os olhos eram duas bolas de chumbo cinza, inquietas, olhando para todos os lados. Tinha sobrancelhas arqueadas, desenhadas a lápis, e o nariz empinado, com desprezo... Ela aparecia ou desaparecia nos dormitórios e corredores como uma alma do outro mundo ou um ser de outro tempo.

À noite, na cama, eu deixava meus ouvidos atentos ao sussurro no ar. Podia detectar o rastro suave de seu vestido longo ou a pressão invisível de seu pé descalço no chão. A maçaneta da porta girava sozinha, como que comandada por um espírito ou Diabo. Eu a via entrar no dormitório feito um espectro branco, mover-se de cama em cama, inspecionando os sonhos das meninas; seus olhos percorriam os leitos como lanternas. Deveria haver uma cabeça por cama. Ela contava as cabeças nos dedos como se contam carneiros. Se desse falta de uma cabeça ou encontrasse duas no mesmo leito, o alarme soava.

Eu estava em minha cama e Nímat-Allah, na dela. Seus olhos sempre abertos, dia e noite; seu rosto ficava mais pálido e os olhos, maiores e mais pretos. Se eu sussurrava em seu ouvido, à noite, ela não respondia. Se meus lábios tocavam seu rosto, nenhum músculo se mexia. Passei meus braços em volta do corpo frágil dela, puxei-a para perto e adormeci. No meio da noite, acordei de repente e olhei para sua cama, estava vazia... e vazio também seu canto perto de mim. O corredor comprido estava escuro e eu apalpava as paredes para não tropeçar. De trás da porta fechada, escutei um gemido. Empurrei a porta... só consegui ver o piso. No canto escuro, porém, atrás da porta eu a encontrei enrolada sobre si mesma como um feto; por baixo do corpo escorria um fio de sangue. Seus dedos brancos, limpos, sem nenhuma mancha de sangue, seguravam um pedaço de papel. Ninguém conseguiu abrir sua mão. O que ela escreveu no papel?, perguntou a enfermeira-chefe, tendo atrás dela uma fila de homens de quepe oficial. Não sei, respondi. Como não sabe, se estava com você dia e noite?, indagaram. Ela estava comigo dia e noite, mas vivia em outro mundo, respondi. E que mundo era esse?, inquiriram. Não sei, ainda não fui para lá, disse.

Quando a noite cai, os rostos se esvaem na penumbra e o ar deixa de sussurrar em meus ouvidos, eu a vejo de pé. Abro seus dedos de pedra e retiro o papel. Sob o luar, consigo ver as letras de tinta escura sobre o papel branco.

A Esposa Legal não entra no Paraíso

As aclamações da multidão ressoam em meus ouvidos. Acima de minha cabeça está o trono dos céus e a meus pés, o trono da terra. Estou cercado por forte segurança. Meus inimigos são numerosos... estão de olho no trono. Meus amigos são poucos, mas se valem de minha morte. A minha direita está o Chefe da Segurança... mais interessado em minha queda que qualquer outro. A minha esquerda está o Grande Escritor, com o olho direito no líder do Hizb-Achaitan e o esquerdo, em minha Esposa Legal, que está na varanda reservada para o harém, cercada de esposas exemplares e mães de mártires, escutando as aclamações, o barulho dos fogos e os tiros. Ela vê meu rosto caindo do corpo, mas permanece parada no mesmo lugar com o olho direito no trono e o esquerdo em meu amigo de longa data.

Desde criança, eu o invejava, detestava-o. Ele sempre conseguia tirar notas mais altas que eu, e ficava atrás da garota de meus sonhos. Escrevia para ela poemas e cartas de amor, enquanto eu mal podia escrever meu nome. Concedi a ele o título de Grande Escritor e uma página inteira no diário matinal, com direito a uma fotografia na qual sorri para as meninas; mesmo assim, ele não sossega. Desde criança, tem um fogo no coração que não esfria. Ali, a meu lado, ele escuta o tiro e as explosões, vê minha cabeça tombar do alto até o chão, observa o caos que se instala e, ainda assim, permanece impassível, como uma esfinge esculpida em pedra. De repente, amigos e inimigos desaparecem e só vejo rostos de homens estranhos, que nunca vi antes. Aproximam-se e me cercam onde escondo meu rosto no chão. Um deles vira a cabeça e olha para meu rosto. Eu o escuto dizer: Esse não é o rosto que conhecemos. É o rosto de quem, então?, os outros perguntam. Não sei, só Deus sabe, o homem responde.

Meu rosto lhes parece mais intimidador que o do Imã, mais grandioso que o rosto de um ser humano. Pálido, sem sangue, ossos duros, rígidos feito rocha. Ficam arrepiados, ajoelham-se, entregues... gritam: É Deus! Um deles se aproxima de mim. Percebendo que meu rosto está ficando mais escuro que o chão onde eu estava deitado, sai correndo e berra: É o Diabo! E os outros correm atrás dele. Na correria, um deles pisa em minha mão, e outro, em minha medalha que está no chão, perto de meu pé direito. Enterro o rosto para que ninguém me veja e, de repente, sinto uma mão macia tocar minha cabeça. Reconheço os rostos, mas eles não me reconhecem. Nesse momento, ouço uma voz suave que soa familiar, é a voz de minha Esposa Legal ou do Chefe da Segurança, que diz: Não, não é ele. Em seguida, outra voz, talvez do Grande Escritor ou do Opositor Legal, que grita de repente: Deus o salvou! Deus está com ele! E imediatamente de todos os lados chegam as ovações: Viva o Imã! As armas da Vitória disparam uma salva e os tambores rufam bem alto. Vejo minha Esposa Legal descer da varanda, andar com passos firmes, com a coragem de um leão. Mas quando deixa de ser vista, corre sobre seus saltos finos direto para o quarto de dormir.

As cortinas estão fechadas e meu corpo está na cama, cercado por meus filhos e filhas, legítimos e ilegítimos. O ministro da Saúde espalha desinfetante sobre meu corpo para evitar que apodreça. Na sala ao lado, meus assistentes no Hizb-Allah estão ocupados dividindo a herança entre si. Quando minha Esposa Legal entra no quarto, seus olhos pousam no rosto de minha filha ilegítima, que está a meu lado. A sua direita está sua mãe, Jawahir, e a sua esquerda, minha primeira esposa. O ambiente, antes calmo e agradável, se transforma. Estou deitado na cama segurando a mão suave de minha filha ilegítima, beijando-a uma vez ou outra, quando vejo minha Esposa Legal saltar sobre nós como um tigre; todos os rostos presentes desaparecem de súbito, e eu sou deixado sozinho com o rosto dela a meu lado. No esconderijo subterrâneo, sob o jardim, ela esconde meu corpo depois de arrancar meu traje oficial, retirar de meu bolso as poucas moedas e, de meus dedos, os anéis do casamento e do reinado.

Mas o povo clamava meu nome sem parar. Eu deitado no esconderijo, ao mesmo tempo que discursava lá do alto da tribuna, na Grande Festa. Ninguém, exceto minha Esposa Legal e o Chefe da Segurança, sabiam que eu estava em dois lugares ao mesmo tempo. Os fogos estouravam e o povo aclamava sem que ninguém percebesse que não era o Imã. Eu mesmo não podia acreditar que eu era o Imã e o líder dessas pessoas. Fechei os olhos e me entreguei à sensação agradável de ser o líder sem sê-lo. Assim, eu pude me mover em liberdade, sem precisar usar um colete à prova de balas, sem medo de ser assassinado, pois eu sabia que já fora assassinado, e para mim era melhor ser o Imã morto que não ser o Imã. Agora, meu novo nome será Imã Mártir, e esse novo nome me confere mais santidade. Eu me elevei acima da morte e poderei me sentar no trono sem temer meus inimigos ou meus amigos. Terei o poder de voar do primeiro mundo para o segundo, ou até mesmo para o terceiro; não temerei as Grandes Potências nem as pequenas e cruzarei as pernas na presença dos grandes líderes. De manhã, tomarei meu café nas terras do Norte e ao meio-dia almoçarei nas terras do Sul. Depois, poderei passar uma noite agradável no subsolo da Casa da Alegria com Jawahir, na companhia de meu amigo de longa data, bebendo ao amor e à amizade. Eu lhe concedi um título e uma página inteira no jornal... e uma foto enquadrada. Passávamos todas as quintas-feiras à noite conversando e relembrando os tempos da juventude. Você se lembra da garota que violentamos juntos? Eu gargalhei batendo na perna dele, e ele riu levantando a mão para retribuir o gesto, mas hesitou por uns instantes; afinal, era a perna do Imã, e por isso sua mão ficou suspensa no ar. No entanto era eu quem batia em sua perna pela segunda vez e que explodia rindo, lembrando o tempo todo como ele costumava se sentar a meu lado na escola vestido com suas calças caras de lã e me batendo nas nádegas, bem onde eu punha a mão para esconder o rasgo da calça. Então eu ri e pela terceira vez bati em sua coxa tensa como a de um tigre; e foi quando perguntei: Você se lembra do nome daquela garota? Ele respondeu às gargalhadas: Claro, seu nome era Jawahir. Corpo alvo, translúcido, olhos pretos grandes como os das *huris* do Paraíso. Com essas palavras minha mente saltou de repente deste mundo para o outro. Eu vi o Paraíso como uma vasta extensão verde. Eu, deitado na grama macia perto do rio e as *huris* nuas flutuando em suas águas, os corpos brilhando ao sol. Passava meu olhar lentamente pelos rostos, o rosto de minha Esposa Legal não estava entre eles. Eu ria às gargalhadas e pela quarta ou quinta vez bati em sua perna tensa e perguntei: Quantas *huris* estão reservadas para cada crente? Setenta ou setenta e sete, não me lembro do número exato; só Deus sabe ao certo, ele respondeu. Mas quantas *huris* cabem a um líder crente ou ao Imã?, retruquei.

O Grande Escritor riu ainda mais alto e deu um número imaginário. Mas o Imã, tendo uma imaginação ainda mais fértil que a do Grande Escritor, se empolgou: E nossas Esposas Legais? Nossas esposas legais nunca entrarão no Paraíso, respondeu o amigo. Mas e se porventura uma delas conseguisse entrar?, o Imã insistiu. Deus a substituiria por uma jovem *huri*. No Paraíso não há lugar para Esposas Legais, afirmou o Grande Escritor, e acrescentou: Do contrário, qual seria a diferença entre a vida na terra e a vida no Paraíso?

Traição lícita

Quando minha irmã morreu de amor, lembrei-me de que não via o rosto de minha mãe desde a noite em que nasci. No orfanato, chamávamos a velha senhora de "vovó". De noite, ficávamos em volta dela e escutávamos suas histórias de djins e da sereia que caminhava na praia. Corpo de mulher, cauda de peixe. Em seus braços, um homem virava outra criatura, ela o enfeitiçava, transformava-o em bagre, bezerrinho ou carneiro. Ele então passava a emitir sons baixos e a procurar uma mulher que conhecesse os segredos da feitiçaria; ele se esfregaria na perna dela e ela o devolveria ao estado de gente, voltaria a ser homem. Uma vez desfeita a magia, cheio de virilidade, e esquecendo a mulher que o enfeitiçou, sairia à procura de outra mulher, que o transformaria em macaco ou em cachorrinho de rabo amputado. Ele então esfregaria a cabeça nos pés de outra feiticeira. Eram assim as histórias da vovó. Noite após noite... mil e uma noites, em que o início se desfazia no fim, como o dia que se desfaz na noite. Sua voz não parava de ecoar em nossos ouvidos, suas histórias mal terminavam e já recomeçavam. Como Chahrazad, ela temia a interrupção, como se o fim da história significasse o fim da vida. Quem era Chahrazad, vovó?, perguntávamos, e a história começava outra vez. O marido deixou a esposa para ir ter com outra mulher e, quando regressou, encontrou a primeira nos braços de seu escravo negro. Matou-a e jurou vingar-se de sua traição: todas as noites ele mataria uma virgem em sua cama. Ele era um homem branco de ascendência nobre que se sentava no trono da terra. Todas as noites pendurava a espada na cintura e perguntava a Deus: Como uma mulher pode preferir um escravo negro ao rei Chahrayar? Então, ouvia uma voz que emanava de dentro dele, parecida com a voz de seu pai, que dizia: As mulheres são traidoras por natureza, como Eva, a mãe delas.

Em uma dessas vezes, interrompi a história e disse: Mas o rei traía sua esposa com uma escrava negra... E ela de pronto me repreendeu: E daí, menina?! A traição do homem é lícita para Deus, mas a traição das mulheres é inspirada por Satanás.

Quando eu era criança, me perguntava por que a pele dos reis era sempre branca, enquanto a dos escravos era sempre negra. Eu mesma tinha a pele escura; isso significava que eu descendia de escravos? Quando perguntei à vovó, ela cuspiu na gola de sua túnica preta para afastar o mal e disse: Deus nos livre do amaldiçoado Satanás! Que o mal esteja sempre longe de nós. Você descende dos senhores!

Desde que abri os olhos para a vida no orfanato, eles me chamavam de Bint-Allah. E depois que vovó morreu eu nunca parei de olhar para minha pele escura no espelho e me perguntar sobre isso. Em meus sonhos, meu pai era branco como o rei Chahrayar. Como posso ter pele escura? Será que minha mãe traiu meu pai com um escravo negro? Ou sou filha de Satanás, e não de Deus, como meu nome diz?

Consigo me ver fugindo na escuridão, na companhia de meu cachorro Marzuq. Muitos homens estão em meu rastro, usando quepes militares, acompanhados por seus cães ofegantes. Quase consigo escapar, depois de subir a colina entre o mar e o rio e o ar do lugar encher meus pulmões. Desde a infância, anseio por esse ar e pelo cheiro de minha mãe antes de ela morrer. Aqui está a pegada deixada por meu pai na terra antes de fugir. Sim, eu poderia ter escapado daqueles que estavam me caçando se eu não tivesse me lembrado e parado. Quando parei para respirar, fui apunhalada nas costas. Sempre me atingem pelas costas, nunca me encaram. Mas, antes que eu me esquecesse das letras e a memória se esvaísse, eu os escutei dizer: Ela é fruto do pecado. Aquele que a matar será generosamente recompensado, tanto neste mundo como no outro.

Tudo aconteceu de súbito

Eu estava de cabeça erguida para os céus, usando o rosto do Imã. Sobre o peito, as medalhas; entre os dedos, a *massbaha* sagrada trazida da Nobre Caaba. As luzes do primeiro mundo e do segundo brilhavam, girando a meu redor como espelhos redondos. E as aclamações no terceiro e no quarto mundos ecoavam em meus ouvidos: "Viva o Imã, Defensor da lei religiosa!". Meu rosto se multiplicou nos espelhos em cem rostos menos um, em noventa e nove rostos, como os noventa e nove nomes sagrados de Deus. Toda vez que eu movia a cabeça de um lado para o outro, via meu rosto se tornar muitos de uma só vez. Lá estava eu, no alto sob as luzes, sentado no trono no meio de meus partidários do Hizb-Allah e da Oposição Legal do Hizb-Achaitan, além dos representantes das Grandes e Pequenas Potências e das bandeiras da liberdade e da democracia tremulando ao vento. Minha voz proferia o discurso celebrando nossa Grande Vitória, enquanto no ar estouravam os fogos coloridos da Grande Festa. Eu estava inebriado sem beber, cambaleante e, de súbito, meu rosto escorregou e caiu no chão entre meus pés; assim, de súbito, havia pés correndo e pisando em meus pés, meu trono estava virado de ponta-cabeça. Então olhei para um lado, depois para o outro. O que aconteceu, assim de súbito? Acabou o mundo, de súbito?

*

O Opositor Legal estava próximo do Imã, separados apenas pelo Chefe da Segurança, quando, de súbito, ouviu uma voz perguntando se aquilo era o fim do mundo. Percebeu que se tratava da voz do Imã, e que o Imã estava agora sentado embaixo do trono, a uma distância próxima dele. O Opositor Legal ficou, de súbito, mais esperto e fez uma correlação entre os assentos disponíveis na Arca de Noé, a descoberta da energia nuclear e o Dia do Juízo Final. O Grande Escritor, de súbito, enfiou a cabeça entre os pés e fechou os olhos em descanso eterno, mas logo despertou, olhou com cautela por entre as pálpebras e argumentou que pensar no Dia do Juízo com uma mente mundana não era permitido, de acordo com a lei religiosa, que não era possível chegar a nenhuma conclusão sobre o tema, exceto por meio da palavra de Deus escrita no Alcorão. Ele acrescentou que aquele que ler o Alcorão com atenção descobrirá que o Dia do Juízo é um evento que não diz respeito apenas ao globo terrestre e a seus habitantes, mas a todo o universo, pois Deus Todo-Poderoso disse: *E soprar-se-á a trombeta; então, quem estiver nos céus e quem estiver na terra cairá fulminado, exceto quem Deus quiser*. Essas são as palavras de Deus e não cabe contradição nem discussão, seja da Oposição Legal, seja da Ilegal. O Dia do Juízo englobará todo o universo, incluindo os céus e a terra, e pela vontade de Deus a única exceção será Seu herdeiro e representante na terra, isto é, o Imã, em nosso mundo humano. As palavras de Deus, no entanto, também mostram que os habitantes do Sol e da Lua, de outros planetas e de corpos celestiais compartilharão o mesmo destino dos terrestres no que diz respeito à morte súbita. As palavras de Deus não deixam dúvida de que o Dia do Juízo chegará para todos de súbito, pois o próprio Deus Todo-Poderoso disse: *Então, acaso estão seguros de que não os cobrirá como um manto o castigo de Deus, ou de que a Hora não chegará de súbito sem que eles percebam?*. Deus não precisa de coisas como radiação nuclear quando chegar a Hora, nem faltam a Ele meios para destruir todo o universo, de súbito.

Os olhos do Imã brilhavam com admiração pela eloquência exibida por seu Grande Escritor, sua extraordinária noção da cultura religiosa e seu amplo conhecimento da lei religiosa. Já nos olhos do Opositor Legal a admiração era substituída por um olhar sombrio de ciúme quase semelhante ao ódio. Proferiu então um discurso mais longo que o pronunciado pelo Grande Escritor, na tentativa de provar que existia uma relação entre o Dia do Juízo Final e a radiação nuclear, mesmo que não fosse mencionada em nenhum lugar no texto do Alcorão. O Chefe da Segurança levantou-se do chão e começou a sacudir a poeira do casaco, que brilhava na luz do sol como radiação, e se pôs a correr, o mais rápido que pôde, deixando os líderes do Hizb-Allah e do Hizb-Achaitan com seu destino entregue à vontade de Deus. O Grande Escritor, que acompanhava a palavra do Opositor, ficou boquiaberto com a coragem que aquele homem teve, ao se atrever a discorrer sobre a existência de uma possível relação entre a radiação nuclear e o advento do Dia do Juízo, sem que houvesse no Alcorão menção alguma a respeito disso. Um momento depois, o Grande Escritor e o Opositor Legal trocaram sorrisos largos, de orelha a orelha, com o rosto abaixado. O Imã, no entanto, continuou calado, sem pronunciar nem uma palavra sequer. Percebendo seu silêncio, calaram-se e aguardaram sua palavra, que era sempre final e definitiva, não deixando espaço para discussão nem argumento. Vendo que o Imã continuava calado, como se tivesse decidido manter silêncio eterno, o Opositor se animou a perguntar: O Imã existe? Pergunta essa que poderia ser considerada uma heresia semelhante à indagação sobre a existência de Deus. Mas, ao contrário, tratava-se de uma prova de sua devoção profundamente enraizada e de sua eterna lealdade ao Imã, uma vez que ele apenas tentava reforçar a fé com o fortalecimento da razão. Assim, a pergunta passou a ser um evento histórico justamente por ter sido proferida por um herói da Oposição — embora passível de ter sido feita por uma criança. No entanto, o Grande Escritor lançou-lhe um olhar invejoso por debaixo do assento e depois foi até sua quarta esposa, sorrindo de orelha a orelha, e jurou que foi o único a se atrever a abrir suas pálpebras e a testemunhar aquele momento histórico. Nenhum membro do Hizb-Allah ou do Hizb-Achaitan teve coragem de fazer o que ele fez. Todos tinham permanecido com as pálpebras bem cerradas, como se tivessem morrido de súbito, salvo o Chefe da Segurança, que desapareceu... de súbito.

O êxtase do amor

Quando eu ainda estava na escola de enfermagem, perdi minha irmã Nímat-Allah, vítima do amor. Meu irmão Fadl-Allah morreu pela Pátria, vítima da guerra. Não quero morrer como vítima. Passei a noite inteira estudando para o exame do dia seguinte. Chegou o dia da formatura e com ele a distribuição de certificados de Obediência e Serviço. Aquelas que passaram receberam o título de "Servidora Exemplar". Cada uma delas usava uniforme branco, tinha o cabelo amarrado com gaze e caminhava na fila a passos lentos. Quando chegava perto do palanque, curvava-se respeitosamente. Ali estavam sentadas as dignitárias do Estado e no centro a esposa do Imã, acomodada em uma poltrona de espaldar alto. A sua direita, a presidente das Associações Filantrópicas, usando seu rosto de borracha, e, à esquerda, a enfermeira-chefe, com a medalha de Altruísmo e Caridade espetada no peito. Enfileiradas atrás delas, estavam as demais mulheres: viúvas de mártires, mães exemplares e voluntárias senhoras do bem. Todas com a mesma postura... impossível distinguir entre elas. Caladas, sisudas, com as mãos cruzadas sobre o peito. Quando a esposa do Imã se levantou, elas se levantaram em um único movimento, sem abandonar o gesto das mãos sobre o peito. Aproximei-me do palanque com meus lentos passos fúnebres. A nova esposa do Imã me pareceu mais baixa do que quando estava sentada. Sua cabeça mal aparecia acima do púlpito. Estava envolta por um véu importado de seda e, sobre ele, uma tiara de diamantes que brilhava na luz. Portava um colar e um broche, que também eram de brilhantes, e pulseiras e anéis. E quando ela estendia a mão para a frente ou a retrocedia, o mundo vibrava com milhares de cores.

Eu tinha testemunhado uma cena semelhante quando concluí minha educação no orfanato. No lugar agora ocupado pela enfermeira-chefe, havia um homem de quem mal me recordava. Ele tinha uma cabeça grande, sem nenhum cabelo, mas o peito coberto de pelo. A nova esposa do Imã estava sem véu e tinha a cabeça raspada. Mas as outras senhoras beneficentes eram todas iguais: corpo cheio, quadrado, cabeça pequena, cabelos enrolados, fixados com grampos, pés gordos, que não alcançavam o chão quando estavam sentadas; quando andavam, pisavam com força com seus saltos altos pontiagudos.

Quando chegou minha vez de receber o certificado, eu me aproximei do palanque e a mão lisa se moveu em minha direção, brilhando como uma galáxia de estrelas. Os corpos quadrados estavam de pé de ambos os lados, sobre os saltos finos, com as mãos gordas cruzadas sobre o peito. A cada certificado ou prêmio concedido, uma mão se desprendia para tocar a mão da formanda com um gesto pesado, ao som de aplausos que pareciam um sopro rouco entrecortado.

No momento em que recebi em mãos meu certificado, meu coração tremeu. O toque daqueles dedos nos meus parecia um choque elétrico. Percorri o caminho cheia de entusiasmo, agitando a bandeira, clamando: Deus, a Pátria e o Imã! Minha irmã sacrificou a vida por um homem, mas eu viverei pelo povo de minha terra. Independência ou morte!

Durante o dia, eu passava entre os feridos carregando potes de urina e fezes e à noite aguçava meus ouvidos para escutar o menor gemido. Avistei-o, na luz fraca... um rosto pálido olhando para mim. No peito, uma ferida profunda; e no olhar, uma saudade. No escuro, caminhei até ele e perguntei: Fadl-Allah foi para a guerra. Você o viu por lá, ele está vivo? Quem é Fadl-Allah? Seu marido? É meu irmão de leite, vivia no orfanato comigo. E me calei. Por que parou de falar?, ele quis saber. O que há para dizer? Fale de você. O que quer saber? Tudo. Não sei o que dizer. Minha vida parece repleta de segredos, mas quando começo a falar parece vazia, como se não houvesse nada para contar. Ele me cercou com o braço como uma mãe e sussurrou para mim: Durma e não tenha medo.

Fechei os olhos e dormi, e no sono me livrei do medo. Comecei a falar sobre mim e, cada vez que contava algo, minha língua ficava mais e mais livre, e meu coração, mais e mais leve. Meu corpo parecia voar como um espírito. Sonhei que estava subindo a colina e soltei um suspiro. Por vinte anos, desde que nasci, vi aquela colina entre o rio e o mar, lá onde minha mãe estava sempre me esperando. Nunca esqueci o cheiro do ar, da árvore, da rocha; não podia esquecer, era meu lugar e tinha o cheiro de minha vida. Abri os braços, enchi os pulmões e respirei como o primeiro sopro de vida ao nascer, como o último suspiro ao morrer. Pela primeira vez desde que nasci senti o cheiro do mar, da salinidade, do iodo, do alento das algas, dos moluscos e do peixe fresco. Eu me entreguei ao ar do mar, deixando-o me invadir, me tomar e me afogar em sua maciez. As ondas brancas do mar subiam de noite, alcançando o céu, me envolvendo como os braços de Deus. E ele estava a meu lado. Abraçou-me e disse: Você gosta de peixe grelhado no carvão? Gosto muito, muito, respondi. Você prefere a cabeça do peixe ou a cauda? Gosto dos dois.

*

Seu riso de criança soava, enchendo o universo como uma concha que se abria ao desejo. O ar do mar lhe deu fome de vida... uma fome desmedida, que despertava nela as ondas dos cinco sentidos. As estrelas brilhavam na água como pérolas. O farfalhar das folhas, o cochicho das ondas e o sussurro do ar juntaram-se em um só canto. Seus olhos pretos se abriram ao êxtase do amor até o desmaio. Então, fechou os olhos e dormiu sobre o peito do amado, feito criança. A voz dele a acariciava... escutava-a chegando de longe: Eu te amo.

Quando o amor era cego

Eu vivia extasiada com o amor, fechava os olhos quando ele me tocava e, sem vê-lo, sentia meu coração crescer e ficar do tamanho do sol. Meu corpo era um molusco abrindo seus lábios ao prazer. O ar vindo do mar despertava todos os meus sentidos, seu barulho era um sussurrar para meus ouvidos, gentil como chamado de mãe. As estrelas cintilavam na noite feito brilhantes. Eu ainda caminhava como as outras enfermeiras, portando o título de Servidora Exemplar, e, no dia da Vitória, meu lema era: Deus, a Pátria e o Imã. Levada pelo amor e pelo entusiasmo, esqueci que minha irmã tinha morrido por amor e que meu irmão fora para a guerra e não voltara e disse a mim mesma que o amor era vida, e não morte, e que a guerra pela Pátria era o amor. Assim, preparei-me e fui para o *front*. Avancei carregando minha arma no ombro, pronta para morrer a qualquer momento. Apontei e atirei no inimigo, mas à noite, junto aos companheiros, corri sem parar; entrava e saía das trincheiras. Corria, corria... entrava no bojo da terra e saía. Aprendi a conhecer o rosto do inimigo e não mais o perdia, mirava entre os olhos e atirava. Ele caía. Então escutei os passos de botas de metal. Pensando que eram do inimigo, não parei de correr até chegar à colina que ficava entre o rio e o mar. E parei. Ali era zona segura. Eu conhecia o lugar e o cheiro das árvores e da água e poderia caminhar devagar e respirar fundo, mas continuei a ouvir os passos atrás de mim. Eu disse a mim mesma: Só podem ser amigos, devem ser os soldados de meu país liderados pelo Chefe da Segurança, trazendo para mim a condecoração de mérito por bravura concedida pelo Imã. Contudo quando me atingiram pelas costas, eu me virei e, surpresa, perguntei: Por que atiram em mim se eu atirei no inimigo? Não era inimigo, era amigo. Mas até ontem era inimigo. Isso foi ontem. Hoje não é ontem.

Juntos na trincheira

Seus olhos grandes e pretos, prontos para admirar o mundo, giraram na escuridão e avistaram uma única estrela no céu infinito, caindo à velocidade da luz com o estrondo de um trovão. Tocou a terra e uma enorme bola de fogo explodiu, espalhando-se em um mar de chamas diante de seus olhos. Não sabia se era noite ou dia. O fogo se apagou, deixando apenas nuvens de fumaça preta e o cheiro forte de terra em suas narinas. A mão direita estava sobre a arma; e a esquerda, sobre a mão dele. Ela o ouviu dizer calmamente: Você disparou contra ele e ele caiu no chão, veja! Ela levantou a cabeça da trincheira e olhou em volta, mas não viu nada. A fumaça era densa e não havia luz. Não pôde enxergar o rosto dele e disse: Não consigo te ver. Também não consigo te ver, ele respondeu. Então ela fitou a escuridão por algum tempo até vislumbrá-lo a seu lado na trincheira. Ele tinha o dedo ainda no gatilho da arma apontada para o céu. Só um caiu, faltam os outros. Ela viu, no escuro, o braço dele se esticar; a mão segurava um papel dobrado. Entregou a ela, dizendo: Se eu morrer, leve esta carta para minha mãe. Quem é sua mãe?, ela perguntou baixinho. Minha mãe mora perto do orfanato, na Casa da Alegria, ele respondeu.

Ela percebeu imediatamente que era Fadl-Allah quem falava com ela; ele estava vivo, altivo. Sua pele era escura, como lodo do rio; e o rosto, pálido e esguio. Olhava para ela diretamente nos olhos. Seu olhar fixo tinha um brilho pueril, mas nada o fascinava.

Sou eu, Bint-Allah. Consegue me ver no escuro? Sou Bint-Allah. Ele reconheceu seu rosto, seus olhos. Perguntou-lhe por Nímat-Allah. Nímat-Allah morreu de amor, ela disse. E você? Eu vivo de amor. Ela o abraçou com força e indagou: O que você escreveu na carta? Escrevi: *Não fique triste por mim, minha mãe. Não a vejo desde que nasci e nunca fui à Casa da Alegria, onde você está e onde o amor está, mas morrer por meu país significa viver por você; então me perdoe por essa ausência que vai durar para sempre*. Bint-Allah então fechou os olhos e disse: Ainda te vejo como era antes, como se tivesse partido ontem. Seu rosto nunca me deixou, sempre esteve comigo.

Ele fechou os olhos e descansou a cabeça no peito dela, como fazia quando era criança; então, de repente, acordou. Abriu os olhos e se deu conta de que não era mais criança e de que ela se tornara uma mulher feita. Ele passou os braços em volta dela e a trincheira ficou apertada para o mundo que crescia em seu olhar e ficava do tamanho do sol. E ela também o envolveu com os braços, e a trincheira ficou muito estreita para segurar o universo em seu abraço. E, quando a luz os revelou ainda abraçados, o mundo parou para assistir a uma cena de amor, para ver dois seres se transformando em um, sem temer a luz nem a morte; afinal já haviam morrido. Eles se apertavam cada vez mais, desejando se esvair um no outro. Ele se tornou ela; e ela, ele. Não havia no mundo uma força que os separasse, nem o estrondo dos canhões e das bombas, nem a algazarra dos inimigos ou dos amigos, nem as ordens do Imã, ou do Diabo ou do Chefe da Segurança.

*

Abri os olhos e me vi na trincheira sozinha, com a carta dobrada na mão. Onde está Fadl-Allah? Morreu na guerra ou o levaram e morreu na prisão?

De longe, pude ouvir sua respiração ofegante se aproximar, os pés pisando o chão, o som de botas com sola metálica. Então comecei a correr no escuro da noite, tentando me salvar. Eles continuaram a me perseguir, com seus cães latindo logo atrás, e eu continuei a correr, sem saber por quê. Alcancei a encosta da colina um pouco antes do romper da manhã e por pouco teria escapado, não fosse o tiro que me acertou nas costas. Antes de cair e me esquecer das letras, disse: Crescemos juntos no orfanato e ele é meu irmão de leite. Seu crime é ainda mais grave e será contabilizado contra você, neste mundo e no outro. Eu os ouvi dizerem: Você é filha do pecado. Ele também. O nome dele não consta na lista do Hizb-Allah nem na do Hizb-Achaitan.

Corro, a noite está escura, ouço as pisadas metálicas me perseguindo. Ponho a mão na barriga, sinto-a cálida como o amor. Sua voz me chama ao longe, soa como uma voz de mãe: Bint-Allah, venha! Aproxima-se de mim, nossos corpos quase se tocam. Nós nos abraçamos, uma tremura estranha me abala, um arrepio. Uma voz sussurra suavemente durante a noite: Não tenha medo, não, eu sou Deus e você dará à luz um Cristo. Está escuro e eu ainda corro com a carta na mão. Escondo-a em meu peito quando os ouço correndo atrás de mim, ofegantes. Penso: Não vou deixar que me peguem antes de entregar a carta. Arriscarei minha vida para salvá-la, pois é tão preciosa quanto a vida. Arriscarei ser apedrejada até a morte, como a Virgem Maria arriscou sua vida para dar à luz seu Filho, e como fez minha mãe para me trazer ao mundo.

Quando cheguei à colina, o marco seguro, a meio caminho entre o rio e o mar, senti o cheiro conhecido da terra. Eu poderia ter escapado se não tivesse parado para agradecer a Deus por ter me salvado. Eles me acertaram por trás. Sempre fazem isso, e, quando me virei, correram, como de costume. Nunca te olhavam na cara. Antes de cair no chão — e antes de me esquecer das palavras —, eu disse: Estava rezando, carregando o fruto do amor. O Chefe da Segurança respondeu: Não há nada que se chama "amor". É o fruto do pecado.

Medo coletivo

Na noite da Grande Festa, enquanto os tambores rufavam e os clarinetes sopravam, seu corpo foi encontrado, jogado no caminho que levava da casa ao *front*, bem na curva da colina entre o mar e o rio. Acharam-na deitada de barriga para cima, com os olhos pretos abertos, fixos no céu. Tudo estava parado: seu rosto, o mundo, a brisa, seu cabelo, até os pelos de suas narinas. Sob o luar, sua pele escura parecia alva como a de uma *huri* do Paraíso ou a de uma sereia do mar. O corpo nu, sem vestido nem camisa ou calça. Mesmo morta, sua nudez sinalizava o pecado, pois nenhuma mulher podia ficar nua: nem na vida, nem na morte. Se tirasse a túnica, estaria de vestido; se tirasse o vestido, estaria de camisa; e, se tirasse a camisa, estaria ainda de calcinha, da qual nunca poderia se livrar, nem antes, nem depois da morte. Deitada de barriga para cima, com o rosto para o céu, seu mamilo ereto parecia uma uva-passa preta e dura; entre as pernas um rasgo fundo, que ela cobria com a mão direita, escondendo-o. Se estava escondendo a ferida, isso só podia significar que foi ela quem a causou. Em outras palavras, ela se matou. E suicídio é pecado, por ser uma afronta à vontade de Deus; afinal, é Ele quem dá a vida e só Ele pode tirá-la.

Assim, seu crime tornou-se dois: nudez e suicídio. Foi o que disseram e acrescentaram ainda um terceiro crime: ser órfã de pai e mãe é considerado uma grande vergonha. Então seu nome, que deveria ser composto de três partes, estava registrado, na pasta azul no Departamento de Segurança, com o nome da mãe, acrescido da menção ao triplo crime: pecar, se matar e ser órfã.

Era a noite da celebração. O dia da Grande Festa coincidiu com o Dia da Grande Vitória. Eram duas celebrações em uma. Todos se sentaram de pernas cruzadas sob as luzes. Rostos delgados, feições pálidas, ossos salientes e narizes protuberantes. Pela boca, sopravam fumaça e palavras. E por baixo do bigode espesso que cobria todo o lábio superior, a respiração passava com um chiado, que eles levavam de volta para dentro do peito com a fumaça e as palavras. Espirravam e fitavam o céu com cautela, antes de começar a contar histórias sobre reis, deuses, ifrites e djins. Um deles falou: Lembram-se, companheiros, dos bons velhos tempos, quando costumávamos adorar o Sol e o deus das inundações? Outro comentou: Como não?! E ele só ficava satisfeito quando lhe oferecíamos uma virgem; não gostava de mulheres casadas, viúvas ou divorciadas. Um terceiro acrescentou: Que malvado era esse deus, não acham, companheiros?! Ao que um quarto respondeu: Todos os deuses eram assim. Os soldados costumavam bater na casa dos camponeses à procura de uma garota virgem para levar embora. As meninas se escondiam em cima do forno de barro, sob o feno seco ou nos currais, e o deus continuava zangado até se satisfazer com o sangue de uma virgem. Então outra pessoa falou: Até mesmo o rei Chahrayar era assim em seu tempo. Um homem que tinha ficado em silêncio até então disse: Por que citar apenas o rei Chahrayar? Todos os reis são assim, inclusive os de hoje em dia.

Calaram-se. Engoliram as palavras com as vozes. De vez em quando, lançavam olhares cautelosos para a porta do Departamento de Segurança, todos reclinados e apoiados sobre o cotovelo que abria uma covinha no chão. Uma coluna de formigas, enganadas pela cor de terra dos braços dos homens, andou lentamente em direção à covinha, liderada pela rainha; mas, quando percebeu que não era terra coisa nenhuma, que algo estava errado e que o cotovelo poderia mudar de posição e esmagar as formigas, a rainha tomou outra direção, afastando-se dos cotovelos que descansavam dentro da covinha. Assim, a linha de formigas desviou-se, formando um semicírculo perfeito antes de retomar sua marcha lenta em linha reta. As íris escuras dos homens observavam atentamente a coluna lenta de formigas que se aglomeravam sobre o chão como um exército. Espantados, bateram uma mão na outra e lamberam os beiços: um exército de machos liderado por uma fêmea?! Essa foi certamente a razão pela qual Deus condenou as formigas a rastejarem sobre a barriga para sempre. Beijaram suas mãos por dentro e por fora, em gratidão a Deus por não andarem em linha reta, mesmo sob ameaça de uma grande vara na mão de um guarda, e por seu líder ser um homem, e não uma mulher. Espirraram, tossiram, mexeram o fumo no narguilé e mudaram a posição de apoio de um cotovelo para outro. Ouviram os gritos e os fogos da festa e relembraram que era uma noite de celebração, duas festas em uma.

Mais um ano se passou e dessa vez as duas festas coincidiram com o aniversário do Imã, e a celebração tornou-se tripla. Noite escura, olhos sonolentos, coração pesado feito rocha e a brasa morrendo no narguilé. Lembraram-se de quem morreu na guerra, de quem estava desaparecido — nem morreu nem regressou —, de quem teve os membros amputados em diagonal, dos apedrejados e apedrejadas, dos encarcerados, dos mutilados de guerra, dos mártires e de quem bebeu a radiação com o leite e morreu, e dos que ainda continuavam vivos, mas certamente encontrariam sua morte por ordem do Senhor. Inalaram a última tragada, a brasa do narguilé se apagou, engoliram as últimas palavras para encher o estômago vazio com a saliva amarga, e amarga também era a descoberta, um pouco antes de dormirem, de que o ponto de apoio de seus corpos sobre o chão não era o cotovelo esquerdo nem o direito, e de que eles não se sentavam nem ficavam de pé, mas que se moviam rastejantes como as formigas, com uma única diferença: a linha deles não era reta, abriam seus caminhos por si mesmos, cada um fazia sua própria covinha. Esticavam o pescoço para ver o que estava acontecendo no início da fila, mas ninguém via nada, porque a fila era longa e não era reta, parecia uma espiral que se estendia para além da vista e terminava no horizonte, quando encontrava o céu. Suas pupilas não paravam de girar e os ruídos se misturavam em seus ouvidos, não distinguiam as aclamações da multidão do barulho crepitante dos fogos de artifício ou da algazarra da cantoria. Mas, de repente, eles abriram os olhos e, pouco a pouco, voltando a si, perceberam que era a festa, e que usavam sapatos novos com saltos de metal. O Imã havia decretado que um bônus fosse distribuído a eles nessa ocasião e que no final do mês seu salário fosse reajustado conforme o aumento do custo de vida. Avançaram em linhas tortas, como um exército de formigas sem rainha; seus olhos giravam no mundo em busca do Senhor. Onde estás, Senhor? E, no local onde a colina começava a subir, entre o rio e o mar, eles pararam, viram, suspiraram. Estava lá, estendida no chão, o rosto voltado para o céu, os olhos pretos bem abertos. Balançaram a cabeça envolta em um turbante e disseram: *La ilaha illa Allah*. Ela morreu a morte decretada por Deus, pois é Ele quem leva os vivos. Um dos presentes, porém, o contrariou: Esta não é a morte de Deus. Eu sei quem a matou, e não foi Deus. Eles pediram perdão a Deus pelo sacrilégio dito, afinal ninguém morre a não ser pela mão de Deus. Seguraram a respiração e olharam para o céu como se Deus tivesse uma mão que pudesse ser vista, estendida sobre a cabeça deles. Inclinaram-se até a testa tocar o chão. Louvado seja, Ele não tem mão nem língua. Aproximaram a cabeça uns dos outros e sussurraram, depois levantaram os olhos pedindo misericórdia outra vez e bradaram: Deus, a Pátria, o Imã! e acrescentaram: A menor dúvida é um grande pecado. Ninguém morre, exceto pela vontade de Deus. Então, gritando em uníssono: *La ilaha illa Allah!*, eles a enterraram bem fundo na terra; mas seu coração continuou a bater. Disseram que bateu por três dias depois da morte; e, por sete dias, seu espírito vagou pelo lugar. Então, no oitavo dia, seu espírito deixou o túmulo e começou a se mover em direção à colina entre o rio e o mar. Juraram por Deus Todo-Poderoso que a viram com seus próprios olhos, andando sobre as próprias pernas, movendo-se mais rápido que o normal, de cabeça erguida e seguida por seu cão, Marzuq. Contaram, porém, que ninguém conseguiu ver seu rosto, viram-na apenas de costas; mas juraram três vezes por Deus, pela Pátria e pelo Imã que não havia dúvida: era ela, e seu espírito tinha deixado o túmulo para se vingar deles. Tremeram de medo; um medo que passou a acompanhá-los dia e noite, e do qual nada foi capaz de manter afastado, nem mesmo as cobertas sob as quais dormiam ou as longas vestes que usavam. O medo os seguia em todos os lugares, mesmo no banheiro e por trás das portas fechadas, pois acreditava-se que ela podia atravessar qualquer porta e qualquer parede sem ser vista, de modo que, se um deles escorregasse da cama de sua mulher para ir até a cama de outra, ela o veria, e se um deles enfiasse a mão no bolso de outro, ela o veria. Passaram a temê-la como se fosse Deus, e, quando dormiam, ela lhes aparecia como Deus, pois todos se sentiam culpados. Cada um deles pegou uma pedra e atirou nela. Com o coração pesado de culpa e as pálpebras pesadas de sono, dormiam, à noite, um perto do outro, e ninguém saía sozinho. Os únicos que escaparam desse medo foram sua mãe e seu cão, Marzuq, pois não haviam lhe causado nenhum mal. Assim, sua mãe continuou a esperar por ela no escuro da noite, de pé onde sempre esteve, firme como uma rocha, com as mãos entrelaçadas sobre o peito e o rosto levantado para o céu. A seus pés ficava Marzuq, enrodilhado como uma criança, com a face pálida, delgada. Em cada olho seu brilhava, qual estrela, uma lágrima estancada; mantinha as orelhas eretas, prontas para escutar os passos dela antes que entrasse, e o pescoço esticado e o nariz apontado para cima a fim de captar seu cheiro entre todos os cheiros do mundo. Seus olhos tentavam discernir o brilho dos olhos dela entre as miríades de estrelas nos céus intermináveis, e, antes que ele a avistasse, correu até ela. Apoiado sobre as patas traseiras, esticou-se como uma criança até o seio de sua mãe; em seguida, secou os olhos na ponta de seu vestido e, ofegante, auscultou sua respiração e viu o fio fino de sangue que escorria pela ferida profunda em suas costas.

Amor eterno

ELE Eu vou te amar para sempre.

ELA Se quiser que eu acredite em você, não diga para sempre.

ELE Você tem que acreditar que meu amor por você vai durar para sempre.

ELA Eu imploro, não diga para sempre se quiser que eu acredite.

ELE Eu juro te amar para sempre.

ELA Jura por quem?

ELE Juro por Deus, pela Pátria e pelo Imã.

ELA Então eu acredito em você e te entrego minha vida; minha mente, meu coração e meu corpo constituem o que sou, e no amor eu sou uma coisa só.

De manhã, ela viu a fotografia dele no jornal. Era um retrato grande e emoldurado. Ele levava a medalha da Coragem no peito. Abaixo da imagem, vinha a notícia de seu casamento com a filha do Chefe da Segurança.

ELA Ontem você disse que me amava.

ELE Isso foi ontem. Hoje não é ontem.

ELA Você consegue permanecer fiel ao seu país e me trair?

ELE Eu não sou um homem só. Sou dois homens em um. O homem que estava com você ontem não era este. Era o outro. Eu ainda te amo. Amor e casamento são duas coisas diferentes.

ELA Então você se casou sem amor?

ELE O pai dela andava atrás de mim o tempo todo, me caçava como Satanás, então eu pensei que, para evitar o mal que ele podia me causar, a melhor coisa seria ter o que ele mais preza. Eu tinha que possuí-la, e, onde há obrigação, não há amor.

Na noite seguinte, ele a encontrou nos braços de outro homem. Quando viu o rosto desse outro homem, todo o seu corpo começou a tremer, pois era ninguém mais, ninguém menos que o próprio Chefe da Segurança.

ELE Você está me traindo com outro homem?

ELA Eu não sou uma mulher só. Sou duas mulheres em uma. A mulher que esteve com você ontem não era a mulher que eu realmente sou. Era a outra. Eu vou te amar para sempre. Amor e casamento são duas coisas diferentes.

ELE Ele é seu marido?

ELA Ele sempre ameaçava meu pai com a prisão, então eu disse a mim mesma que, para evitar o mal que ele podia nos causar, a melhor coisa era eu me casar com ele, assim ele ficaria em minhas mãos, faria o que eu quisesse. Eu tinha que possuí-lo, e, onde há possessão, não há amor.

Eles se abraçaram, na noite silenciosa, longe dos olhos. Ambos juraram por Deus, pela Pátria e pelo Imã que seu amor duraria para sempre. E no auge do arrebatamento ele lhe disse que o homem, de acordo com a lei religiosa, podia ter quatro esposas ao mesmo tempo, mas que ele só amava uma mulher.

ELA Você é membro do Hizb-Allah ou do Hizb-Achaitan?

ELE Eu sou membro dos dois partidos.

ELA Mas um homem pode ser membro de dois partidos ao mesmo tempo?

ELE Não há nada na lei religiosa que proíba um homem de ser membro de dois partidos.

ELA Mas por que pertencer aos dois ao mesmo tempo?

ELE Acredito que Deus existe... e Satanás também. E eu temo a ambos. Assim, para evitar que me causem algum mal, achei melhor pertencer a seus partidos.

ELA Você viverá com medo para sempre.

O Grande Escritor

Ponha sua mão sobre minha cabeça e não me deixe, você é a única pessoa no mundo que pode me ver morrer sem que eu sinta vergonha. Se minhas quatro esposas vierem me visitar, feche a porta do quarto e não as deixe entrar, pois não quero vê-las se regozijarem com minha morte. Se o homem vier trazendo o balde de água para lavar meu corpo, não o deixe entrar, pois quando meu pai morreu e vi o homem virar seu corpo e enfiar o dedo no buraco bem abaixo da região lombar, decidi ser enterrado sem ter o corpo lavado. Para que lavar o corpo, se em seguida será depositado na terra? Você sabe, minha mãe, as pessoas vivem sem razão e morrem sem razão.

Depois que o Imã me concedeu o título de Grande Escritor, tive uma esposa nova e uma casa nova, ricamente mobiliada, para que eu pudesse receber o Imã sem me sentir encabulado, caso ele me visitasse. Desde o dia em que ele me concedeu o título e me condecorou com a medalha da Arte e da Literatura, não saí de perto dele, nem na vida, nem na morte. Ele disse: Você deve jurar fidelidade a mim para sempre. Fez-me jurar sobre o Livro Sagrado lealdade eterna. Ele disse: Eu sou o Imã e ninguém divide o poder comigo;

você será meu Grande Escritor. Terá uma página inteira no jornal, com direito a um grande retrato emoldurado. Seu lugar estará separado do meu apenas por um assento, o do Chefe da Segurança. Mas à noite ninguém ficará entre nós: beberemos e brindaremos a nossa amizade, que dura desde a infância.

Quando eu estava a seu lado na primeira fila, com as luzes projetadas sobre ele de todos os lados, os estandartes da Vitória levantados em todas as ruas, e com as aclamações do povo ecoando como trovões em meus ouvidos, nunca achei que ele poderia cair ou morrer, como os outros homens. Eu ainda tinha um cérebro na cabeça, mas ele havia parado de funcionar — por quê? Não sei. Eu tinha me esquecido de como meu pai morrera, de como outros morreram a minha frente, de como os jornais estavam repletos de nomes daqueles que morriam todos os dias. A ideia da morte me passava pela cabeça, mas nunca me ocorreu que eu mesmo morreria. Perto dele, ouvi o som de balas sendo disparadas. Eu o vi cair e me vi cair ao lado dele; ainda assim, minha mente permaneceu incapaz de entender o que acontecia, acreditando que ele viveria para sempre e eu também. Nunca pude me imaginar morto. Se imaginasse, a imagem sumiria rapidamente; afinal, eles estavam lá chamando meu nome, que eu via diariamente registrado em letras grandes. Por isso eu me imaginava eterno e, mesmo que tentasse me imaginar morto, não conseguia, e se conseguisse por alguns segundos, nunca poderia imaginar que ele morreria — como eu poderia, se seu retrato estava olhando para mim de todos os lugares, do céu, da terra, dos arcos e da primeira página dos jornais matutinos e vespertinos? Como eu poderia acreditar, se seu nome estava em cada boca, sua voz em cada chamado à oração, e suas palavras eram citadas para definir o errado e o certo, a desvirtude e a virtude, a honra e a vergonha? Como eu pensaria que ele podia morrer se continuava no alto da tribuna sob os fogos de artifício que estouravam no céu, se as palavras de seu discurso eram articuladas devagar, alongadas e pontuadas, a cada gaguejada, com um rugido de aclamação da multidão?

Lá estava eu parado, ouvindo-o gaguejar e receber os aplausos, e meu cérebro também estava imóvel. Só conseguia me lembrar dos dias em que ele se sentava a meu lado na escola. Toda vez que o professor lhe fazia uma pergunta, ele abria a boca o máximo que podia e começava a gaguejar; as crianças na sala de aula riam dele bem alto e, no pátio, corriam atrás dele para tirar sua mão de cima do furo na calça, que ele tentava esconder. Nas provas, ele se sentava a meu lado, abaixava a cabeça e cochichava por debaixo da carteira: Ei, está entendendo alguma coisa? Não sei, mãe, como foi que o tempo girou e tudo mudou, de tal forma que agora ele é o Imã enquanto eu continuo um escritor desconhecido. Os piores na escola acabavam entrando para o Exército ou para a polícia e logo se tornavam líderes ou presidentes, mesmo não tendo nada a mostrar, exceto os uniformes oficiais e as estrelas brilhantes em seus ombros. Quanto a mim, frequentei a faculdade de direito e meu pai me chamava de "ministro", mas eu sussurrava para você que eu odiava a lei, odiava a Justiça e odiava meu pai também. E você dava um suspiro de espanto, parecido com aquele que você deu quando me encontrou parado nu na frente do espelho. Era o mesmo espelho em que eu vislumbrara meu pai nu nos braços de outra mulher. Percebendo que eu estava escondido atrás da cortina, ele pulou da cama, me puxou pela orelha e me jogou em minha cama, berrando que eu era sonâmbulo. De manhã, quando nos sentamos para tomar café, você me deu o copo de leite habitual, mas eu me recusei a beber, então meu pai me bateu e me mandou beber o leite. Quando continuei recusando, ele me segurou, abriu minha boca à força e derramou o leite por minha garganta. Assim que ele se sentou à mesa de novo, eu vomitei o leite no prato dele. Você me perguntou o que havia de errado comigo, já que eu gostava de meu leite matinal; foi quando ele respondeu: O menino está doente, eu o peguei andando enquanto dormia. Ele insistiu em me pôr na cama e derramou um remédio em minha garganta, que tinha um gosto amargo como veneno. Eu disse a você que ele estava tentando me matar para que eu não lhe contasse o que tinha visto, e você me perguntou o que eu queria dizer com aquilo; mas, quando eu estava prestes a contar, vi nos olhos dele o olhar da morte e minha língua se recusou a falar. Meu coração foi ficando pesado, vendo que você todos os dias lavava as roupas dele, esfregava as manchas amarelas, vendo-as com seus próprios olhos, sentindo nelas o cheiro de outra mulher; todos os dias lavando, cozinhando e esperando por ele até tarde da noite. Quando eu olhava em seus olhos, podia ver que você sabia; sabia que algo estava muito errado neste nosso mundo, mas você ficou calada. Se tivesse dito algo apenas uma vez, se tivesse se recusado a lavar a sujeira de suas cuecas manchadas com o suor de outra mulher, ou se tivesse procurado outro homem, talvez o que estava errado com o mundo tivesse sido parcialmente corrigido, ou se tornado mais suportável, e talvez tivesse nascido dentro de mim o desejo de justiça, ou uma crença em Deus, pois, quando criança, Deus era sinônimo de justiça para mim. Eu desejava vê-la nos braços de outro homem, pois se tivesse feito isso apenas uma vez, a balança da justiça poderia ter se equilibrado. O professor de religião dizia que nas palavras de Deus era olho por olho, dente por dente, traição por traição e lealdade por lealdade. A traição de meu pai permaneceu registrada no mundo sem uma traição de sua parte para cancelar a dele. O pecado crescia toda vez que eu a via sorrindo para ele. Eu continuava procurando por justiça em vão, até que um dia deparei com o garoto sentado a meu lado, com a mão cruzada atrás das costas para cobrir o buraco nas calças. Sempre que o professor lhe fazia uma pergunta, ele olhava em volta, confuso. Quando os meninos zombavam dele, ele berrava: Onde está a justiça neste mundo? Todos os garotos falam sem nenhuma dificuldade; por que Deus criou só a mim com esse defeito? Então ele se aproximava e sussurrava em meu ouvido: Não há justiça, portanto não há Deus. E eu sussurrava de volta: Sim, se Deus existisse, a lealdade não seria recebida com traição, nem a traição com lealdade. Pois é, minha mãe, eu tinha apenas nove anos de idade naquela época, e ele era meu colega na escola, mas o que nos aproximou foi a firme crença de que Deus não existia, pois minha disposição para acreditar em Deus dependia de você ser infiel a meu pai. Meu pai não parava de te trair e você não parava de ser fiel. Eu lhe contei mil vezes que ele era um traidor, mas você não escutava, calava-se, não respondia; eu não conseguia entender por que você agia assim. Então compreendi que você tinha muito medo e que, todas as noites, chorava em seu travesseiro, porque sonhava que estava com outro homem; mas de manhã você recuava, nunca teve coragem de viver o que sonhava. Você temia as pessoas, temia seu pai, mas acima de tudo temia a Deus. Eu repetia: Mãe, olho por olho, boa ação por boa ação, maldade por maldade, mas você nunca me escutou e, quando escutou, não compreendeu e, quando compreendeu, não agiu; assim os dias foram passando um após o outro, enquanto você renunciava. Se tivesse lutado contra a injustiça uma única vez, se tivesse defendido seus direitos uma única vez, eu poderia ter conhecido o significado da justiça e acreditado que Deus existia. E, como você foi incapaz de defender seus próprios direitos, tornou-se incapaz de defender os direitos dos outros, de defender meus direitos. Ninguém pode oferecer o que não tem. Você via meu pai me punindo injustamente, sem interferir, e, quando nossa discussão se tornava mais violenta, você ficava do lado dele. Para você, ele estava sempre certo e eu, sempre errado, e você nunca me defendia. Se tivesse dito que ele estava errado apenas uma vez, se tivesse defendido o que era certo uma única vez, eu teria talvez conhecido o que era a justiça, conhecido Deus e pagado a lealdade com lealdade. No entanto eu me tornei igual a você e depois igual a meu pai; traía quem era fiel a mim e era fiel a quem me traía. Eu fugi da garota que me amava e me queria e casei-me com a primeira mulher que me rejeitou, até que me tornei o Grande Escritor por decreto do Imã e até que, de todas as mulheres do mundo, eu só desejasse a dele e, de tudo que eu poderia escrever, só escrevesse o que agradava a ele. Talvez essa fosse uma maneira justa de dividir as coisas entre nós, mãe. Ele poderia conquistar o coração das pessoas por intermédio meu, e eu poderia tomar o coração de sua esposa por intermédio dele. Ele sabia, quando nos reuníamos, que o coração e a mente dela estavam comigo, mas nunca se importou com o que a mulher sentia ou pensava. Ele dizia: Uma mulher é um corpo, e nada mais importa. Quanto a mim, tudo o que eu podia ver nela eram seus olhos, azuis como o mar. Eles estavam lá olhando para mim o tempo todo, dia e noite, e, mesmo quando eu olhava nos olhos pretos de minha esposa, eles pareciam se colorir de um azul profundo e me fitavam, e quando eu a tomava em meus braços, sua morenice virava uma alvura total e ela me ouvia sussurrar no momento do prazer: "Kati". Quem é essa Kati?, ela indagava com raiva, e minha língua tremia antes que eu pudesse dizer: Onde você ouviu esse nome? Ela respondia de pronto: Foi o nome que você sussurrou durante o gozo. Teria sido ela seu primeiro amor? Eu me segurava para não dizer "meu último amor". Minha primeira garota não se chamava Kati e sinceramente nem me lembro de seu nome nem de como foi minha primeira vez com ela. Tudo que lembro é que seu rosto era delgado e pálido; sua pele, escura com manchas mais claras; e ela era uma camponesa. Quando levantava a túnica e se agachava para passar o pano no chão, o sangue subia a minha cabeça e depois corria para baixo, coagulando na área em torno da glândula do Diabo. Você costumava trancar a cozinha, mãe, e levar a chave, mas eu a pegava de seu bolso quando você dormia. Quando a barriga dela cresceu, você bateu nos pés descalços dela com a vara de bambu, e quando ela disse que meu pai fizera aquilo, eu vi que não tinha nada a temer. Na verdade, eu o vira tirar a chave de seu bolso muitas vezes, mas não te contei, sabendo que você nunca me ouviria, ou mesmo que me escutasse deixaria passar sem dizer ou fazer qualquer coisa. Aos poucos, deixei de falar sobre essas coisas. Eu costumava segurar minha urina até o amanhecer em vez de ir ao banheiro no meio da noite e me arriscar a vê-lo com outra mulher. Às vezes, eu urinava na roupa, o que levou meu pai a insistir que sem dúvida eu estava doente, pois, além de andar enquanto dormia, eu mijava na cama. E toda vez que eu contava que o vira com aquela mulher, você não acreditava e, em vez de defender o que era certo, você tremia toda de medo e deixava que ele me batesse. Pois é, mãe, se você tivesse feito o que deveria apenas uma vez eu poderia ter aprendido com você, mas meu pai foi capaz de fazer o que bem quis comigo; assim, com o decorrer dos dias, eu fui aos poucos ficando mais parecido com ele, agia como ele, pegava a chave em seu bolso às escondidas. Quando ele me via pegá-la não dizia nada, e, quando eu o via, também nada dizia. E no dia da Grande Festa, vimos a fotografia dela no jornal, sendo apedrejada até a morte; os grandes olhos pretos no meio do rosto pálido e magro, os braços levantados para o céu em súplica silenciosa, as pernas afastadas recebendo uma após a outra as pedras arremessadas contra a marca de Satanás, bem no centro do corpo. Os tambores rufavam, os fogos pipocavam no céu, e eu sentia na boca um gosto amargo de derrota enquanto ela me olhava com aquelas íris pretas, que saltavam do jornal, como fogo preto.

Eu estava na primeira fila sob as luzes. Só o Chefe da Segurança me separava do trono, e ao lado dele estava o próprio Imã. Em meus ouvidos, ecoou o grito: "Deus está com você!", repetido por milhares de vozes enquanto ele gaguejava lentamente seu discurso. Eu estava calado, com o pensamento longe, apesar de meus ouvidos captarem as aclamações da multidão e o som de tiros disparados de uma arma. Então vi o rosto dele cair do corpo, de onde ele estava, altivo e ereto sob o sol, e quase imediatamente depois meu rosto caiu também, aterrissando ao lado do dele no chão; e eu pude ver seu rosto olhar para o meu por baixo do assento. Assim como ele costumava fazer na escola, gaguejou: Ei, está entendendo alguma coisa? Naquele tempo, eu costumava lhe passar todas as respostas da prova, mas agora não soube o que dizer, então fiquei deitado com o rosto enterrado no chão, fingindo não ter ouvido nada. Lentamente, uma nuvem tão escura como a noite rastejou pelo céu, pairando sobre nós como uma ameaça de morte. Meu corpo ficou rígido como um muro de pedra me cercando, enquanto o som de tiros disparados ecoava em meus ouvidos, com as repetidas aclamações da multidão.

Eu te chamei, mãe, assim como costumava fazer quando criança, e você veio até mim no escuro como uma luz reconfortante. Você se inclinou sobre mim e eu pude ver seu rosto diante de meus olhos, e de repente me dei conta de que não a via fazia vinte anos. Aproximei-me de seus pequenos olhos, recolhi a insônia de seu entorno e chamei, mas você não respondeu. Eu me vi em uma janela distante, olhando para o universo silencioso, dizendo que eu estivera aqui antes, quando ainda era uma criança, quando meu coração era do tamanho do sol, e que eu te amava como amava o leite matinal, mas abri meus olhos na noite e vi meu pai deitado nu como Satanás, e Deus me puniu por ter aberto os olhos e visto, quando deveria tê-los deixado fechados e continuado a dormir. Entao nunca mais gostei de leite de manhã nem da luz do sol. E o Imã tornou-se meu amigo mais próximo. E comecei a acreditar em Deus e a bradar como todo mundo: Deus, a Pátria e o Imã!

O Imã disfarçado

Os ruídos e as aclamações ainda ecoam; eu continuo na tribuna, fazendo o discurso da Vitória. Percebo que a voz que soa em meus ouvidos não é a minha, mas a do outro homem que compartilha comigo ser o Imã. Posso ver seu rosto no alto, suspenso sobre os arcos da vitória, sob os holofotes. Ele continua esticando os músculos do rosto para superar sua imobilidade rígida, de modo que a boca possa se abrir em um grande sorriso, largo e generoso o suficiente para expressar seu amor por Deus e por todas as Suas criaturas nesta terra. Sou realmente grato por poder ficar aqui, longe das luzes e dos olhos curiosos. Aqui, posso mover meus braços em liberdade no ar, e meu coração se sente profundamente feliz, pois, para meu povo, para o Estado e para as Grandes Potências eu continuo lá, de pé na tribuna, a proferir o discurso do Dia da Vitória rodeado por meus apoiadores do Hizb-Allah, por minha nova esposa, meu Grande Escritor, meu Opositor Legal e pelos apoiadores dele do Hizb-Achaitan. Eu, na verdade, estou aqui no chão, com a mente em paz, não mais sobrecarregado com as preocupações do Estado, nem com a dívida externa, nem com a derrota, nem com a radiação nuclear.

Assim, posso continuar deitado de barriga para cima ou de bruços; se eu quiser, posso até mesmo tirar minhas roupas oficiais e me vestir como um homem comum, andar sozinho, sem necessidade alguma de proteção do Chefe da Segurança nem de seus ajudantes, entre os demônios e os espíritos malignos. Posso caminhar sem pressa, sem a necessidade de insinuar para o mundo que meu tempo é valioso. Respiro profundamente o ar fresco, deixo os músculos do rosto relaxados, pois não sou obrigado a franzir a testa para comunicar aos outros o respeito que o trono impõe; nem preciso exibir um grande sorriso que traduz o amor a Deus, à Pátria e ao povo. Movo os braços livremente no ar enquanto ando, pois caminho disfarçado, livre do peso das medalhas e condecorações e sem o colete à prova de balas que me aperta o peito e a barriga como um cinto de castidade. Ninguém me reconhece nem me nota, e ninguém me para e se ajoelha pedindo bênção, aumento ou carta de recomendação. Minhas pernas se mexem confortavelmente dentro de uma velha calça de algodão cru, furada atrás. Ando sem preocupação, não temo que alguém me reconheça. De rosto relaxado, sem nenhuma expressão de seriedade, braveza, medo, fraqueza ou força. Agora sei o que significa estar imbuído de serenidade e felicidade dos deuses, estar confiante de que o mundo pode continuar sem mim e, ao mesmo tempo, sentir que minha voz ainda pode ser ouvida, transmitida pelo rádio ou através de satélites de televisão para os quatro cantos deste mundo, bem como do outro; que minha imagem continua a tremular no alto, cercada por bandeiras; e que as aclamações da multidão continuam a me alcançar de longe enquanto passeio devagar, desfrutando de minha posição de Imã sem realmente ser o Imã, ouvindo as ovações, sem ser incomodado pelo barulho intenso.

*

A uma pequena distância, vislumbrou uma sombra movendo-se na margem do rio. No início, pensou que era um dos membros do Hizb-Achaitan que o reconhecera e estava à espreita para matá-lo. Ele sempre teve medo de que seu disfarce fosse descoberto — embora temesse mais ser reconhecido sem o disfarce. Ofegante, correu e se escondeu atrás de uma árvore; com os olhos assustados, observava a sombra. Quando tentou ver melhor, a sombra pareceu-lhe uma rocha inerte. Quando olhou mais de perto, detectou o que parecia ser um leve movimento, como se a rocha estivesse rolando sobre si, embora muito lentamente. Manteve os olhos fixos nela para ter certeza de que o que ele via não era ilusão; pouco tempo depois, notou que tinha quatro patas. Achou que era um búfalo pastando na margem do rio, mas a cabeça não tinha chifres, e sim uma cabeleira amarrada sob um turbante branco. Pensou que era um velho prostrado para implorar ao Imã. Com esse pensamento, ele saiu de trás da árvore, um tanto tranquilo, pois o homem era certamente um membro do Hizb-Allah e não apresentava nenhum perigo. Quando chegou mais perto, notou que era uma mulher. Assim que a viu, soube quem era ela. Conhecia aquele rosto magro, os grandes olhos escuros, a longa túnica preta e o cabelo reunido com um lenço. Tinha uma machadinha na mão e cavava fundo no chão, tão absorta que não o viu nem o sentiu chegar, e por isso ele aproveitou para ficar observando sem que ela percebesse sua presença. Ele a viu bater no chão com a palma da mão; afastando pedras e seixos, ela cobriu o chão com terra macia antes de arrancar do peito um embrulho pequeno e acomodá-lo na terra. Então cavou em torno do objeto e o cobriu com terra macia. Para ele, tratava-se provavelmente de uma criatura deste mundo, cujo marido morrera na guerra ou de alguma doença. Ele se aproximou, cumprimentou-a pelo trabalho e depois perguntou o que ela havia plantado. Uma árvore de avelã, ela respondeu. Sabendo que uma árvore de avelã não dava frutos antes de cem anos, ele disse: Eu realmente lhe desejo saúde e uma vida longa, mas você sabe que não provará dos frutos dessa árvore, certo? Ela não havia levantado os olhos para quem falava com ela, mas logo percebeu que se tratava do Imã. Eu não viverei nem para vê-la crescer, disse ela. Então por que todo esse esforço para plantar a árvore? Estou dando continuidade aos esforços que outros fizeram antes de mim. Não fui eu que comecei a plantar, mas minha mãe, e se não fosse por ela eu não teria vivido. Ele quase disse: Fui eu quem lhe deu a vida e não sua mãe, mas estava disfarçado e não queria que ela soubesse quem ele era. Dominou a vontade de demonstrar sua autoridade, julgando que fosse melhor guardar a informação para si mesmo a fim de tentar descobrir se ela pertencia ao Hizb-Allah ou ao Hizb-Achaitan. Depois disso, pensou: Posso deixá-la nas mãos do Chefe da Segurança. Então ele forçou um sorriso e perguntou a ela, com uma voz suave como se falasse com uma criança: Você está com o Hizb-Allah ou com o Hizb-Achaitan?

Ela permaneceu calada, sem dizer uma palavra nem levantar o olhar para ele. Ocorreu-lhe que ela devia ser membro do Hizb-Allah e temia revelar o fato a ele, achando que fosse o Diabo ou um espírito maligno qualquer. Ele começou a suspeitar de que ela tentava ser astuta, mas, sem perceber, tinha exposto sua verdadeira identidade, de modo que em pouco tempo ele descobriria o que ela estava tentando esconder. Seus olhos continuavam a examiná-la de perto, mas não conseguiam encontrar nenhum sinal de que fosse assim tão ardilosa; pelo contrário, seu rosto parecia inocente como o de uma criança. Ainda assim, quanto mais inocente ela parecia, mais ele desconfiava que essa inocência escondia algo, e que se tratava, sem dúvida, de uma mulher perigosa; e pior: filha do pecado. Então decidiu continuar com seu jogo e, para tranquilizá-la, disse: Fique tranquila, moça, pois não há o que temer, mesmo que você seja do Hizb-Achaitan; afinal, ele também foi criado por decreto do Imã, exatamente como o Hizb-Allah; e não pense que estou colhendo informações a fim de lhe fazer mal. Deus me livre! Essa não é minha intenção; pelo contrário, quero recompensá-la pelo trabalho que fez sem querer nada em troca. Tal atitude é, sem dúvida, abnegada, de acordo com os ensinamentos de Deus, da Pátria e do Imã. Mas a mulher continuou muda, seu rosto expressando uma inocência ainda maior, seu coração se enchendo de uma alegria tão avassaladora que ela mal podia contê-la. Ela levantou os olhos para ele e foi a primeira vez que o viu: um homem estranho, completamente calvo, mas com o rosto coberto de pelos; sobrancelhas grossas que se juntavam acima do nariz adunco; boca grande e torta; queixo pontudo com uma covinha, de onde brotavam pelos grossos. Pensou que se parecia com o Imã, que ela viu muitas vezes nos retratos, mas não quis acreditar nisso, pois o Imã certamente não estaria andando por aí como as outras pessoas nem teria aquele grande buraco nas calças. Ela continuou sem dizer uma palavra, e o Imã lhe indagou por que permanecia em silêncio. Pensei que você fosse o Imã, mas não é, disse ela. De alguma forma, naquele momento, sua mente se iluminou e, lembrando-se de que a informação era uma arma importante, ele pensou: Agora, consigo testar quão leal ela é a mim e a seu país e quão grande é sua fé em Deus; assim alcançarei seus sentimentos mais ocultos. Sua felicidade aumentou com esse pensamento de que seria capaz de sondar o íntimo e espionar o coração, algo que nem o Chefe da Segurança, nem as Grandes Potências descobriram como fazer. Ficou tão entusiasmado com a ideia que se esqueceu de que estava disfarçado e começou a imaginar que era Deus — o único capaz de entrar no coração das pessoas —, e estava quase revelando sua verdadeira identidade quando, no último momento, decidiu que era melhor permanecer incógnito, a fim de descobrir os verdadeiros sentimentos dela e quão dedicada era a Deus, à Pátria e ao Imã. Esforçou-se bastante para esconder sua voz ríspida, falando com suavidade, fazendo questão de expor o buraco nas calças para disfarçar sua identidade real, certo de que ela revelaria a verdade sobre si mesma e o que escondia bem fundo no coração.

Ainda parado diante dela, notou que estava assombrado e que seu corpo inteiro tremia de medo, mas não conseguia entender o motivo. Por causa de seu silêncio e do olhar firme, começou a crer que ela de fato não acreditava em Deus, nem na Pátria, nem no Imã, que não pertencia nem ao Hizb-Allah, nem ao Hizb-Achaitan e que era uma bastarda, filha de bastarda. Tendo chegado a essa conclusão, justificou para si: Sendo filha do pecado, é capaz de cometer as piores imoralidades; portanto, não há mais nada que se possa fazer para evitar isso a não ser apedrejá-la até a morte.

O Filósofo

Havia algo estranho que me encantava e me atraía para outro mundo — para onde minha antiga namorada Kati fugira. Ouvi muitas histórias como as de *As mil e uma noites*. Ouvi a respeito do olhar lascivo e do ouro derretido enquanto eu jazia em meu quarto frio sem aquecimento. Mudava de um trem para outro debaixo da terra. Trabalhava como empregado em uma pequena empresa e desejava a filha do diretor. Apaixonei-me por ela, mas ela me recusou; então me casei com uma mulher recusada pelos outros. Ela era dez anos mais velha que eu e tinha o peito liso, sem seios, coxas magras e murchas; uma grande cabeça, mente fervorosa, mas o útero gélido. Dava à luz um livro atrás do outro e só acreditava em bebês de proveta. Eu disse a ela: Para mim, uma grande mulher é aquela que dá à luz um grande homem, não um grande livro. A Virgem Maria deu à luz Jesus Cristo, mas eu perdi minha virgindade quando era criança e não acredito mais em Cristo, ela retrucou. Daí eu perguntei: Em que você acredita, então? Acredito em minha mente e em qualquer um que possa dialogar com ela e não com meu útero, respondeu. Pensei: Deus e Jesus Cristo hão de me recompensar. E fiquei com ela; aqueço-a no frio e ela me refresca no calor.

Todas as manhãs eu corria nos túneis subterrâneos, pegava trens estreitos como tubos de ensaio com pessoas apertadas feito sardinhas em lata. Deixava a escada rolante me levar, fechava os olhos e me entregava até ser despertado pelo vento frio da superfície. Corria no asfalto, protegendo-me com o guarda-chuva, chegava ao escritório, sacudia o casaco e penteava o cabelo. Meu telefone nunca me trouxe uma voz pela qual eu esperava, nem de homem, nem de mulher. Eu já não esperava mais ninguém, além da voz do diretor: Este relatório é urgente. Esta carta é importante. Onde está a pasta? Vinte cópias deste documento. Ligue para este número. Faça uma reserva para mim neste voo. Escreva este memorando. Meus dedos se moviam automaticamente sobre as teclas do telefone que tocava regularmente como um relógio, sem nenhuma novidade, sem amor nem amizade, sem calor nem esperança. Até mesmo o desespero se foi.

As paredes de meu coração eram feitas de gelo branco. A xícara de café esfriava em minha mão, e meu quarto era pintado de cinza-escuro mesclado com um azul-pálido. Havia vinte anos que eu não pintava as paredes. Cheguei a economizar algum dinheiro, decidido a pintar o quarto antes do Natal, mas o Natal chegou e se foi, e não fiz nada. Lançaram foguetes à noite. Com uma guerra nuclear nenhuma parede ficará de pé, então de que adianta pintá-las? Elas não tinham nenhum quadro, nem mesmo um retrato de meu pai ou de minha mãe, mas em minha mente tenho uma imagem de meu pai em seu uniforme militar, tal como minha avó descreveu. Depois do fim da Primeira Guerra Mundial, ele me levou para além-mar, e nosso navio ancorou perto de uma montanha de gelo, onde ele me deixou com sua mãe e partiu para outra guerra. Morreu sem que me dissesse como vim à vida, e minha avó não sabia de nada. Quando perguntava a ela, dizia que eu fora um bebê bonito visto através do tubo de ensaio. Em meus sonhos, eu me via nadando em um tubo grande, procurando por minha mãe, quando de repente uma baleia enorme me engolia; então eu acordava, banhado em suor.

As pontas dos dedos pareciam estar congeladas, segurando o copo. Café preto, sem leite, todos os dias em um estômago vazio, sem apetite por comida, sem apetite por amor nem por livros. Tudo o que eu lia eram as manchetes no jornal da manhã, à espera de uma única notícia, uma frase curta composta de três palavras: *Guerra nuclear deflagrada*.

Faltavam cinco minutos para as nove. Eu não conseguia me levantar. E para quê? Não havia nada fora do quarto além da rua asfaltada, da chuva caindo, dos túneis subterrâneos, dos trens parecidos com tubos de ensaio repletos de embriões humanos, das escadas rolantes às quais me entregava, das teclas do telefone e da voz do diretor: Relatório urgente; carta importante; escreva isso; é a outra pasta; um assento para não fumante na primeira classe. Ele fumava, mas ficava incomodado com a fumaça dos outros.

Certa noite, ele me convidou para jantar. Disse que admirava minha inteligência, mas, enquanto comíamos, os olhos dele passeavam por meu corpo o tempo todo. De repente, depois do jantar, ele passou os braços em volta de mim, e eu virei meu rosto para o outro lado, evitando seu bafo de cigarro. Expressei meu apreço por seus sentimentos, mas lhe disse francamente que amava outra pessoa. Homem ou mulher?, perguntou. Você não tem o direito de saber de minha vida privada. O que importa quem eu amo, já que não é você?, respondi e fui embora. A verdade era que eu não amava ninguém, que estava completamente livre, livre da necessidade de amar, de esperar por um corpo, de ouvir promessas feitas que não seriam cumpridas. Meu corpo não era de ninguém e eu não tinha desejo de possuir o corpo de outra pessoa. Tudo que eu precisava na época era de algum dinheiro mensal para pagar o aluguel e comprar pão e café; e se eu perdesse meu trabalho não teria mais como sobreviver. Então, no dia seguinte, quando ele passou os braços em volta de mim novamente, sussurrei palavras de carinho em seu ouvido. Ele olhou para mim e perguntou se eu estava bem, pois não parecia a mesma pessoa do dia anterior. Expliquei que na verdade eu não estava me sentindo muito bem, que minha boca tinha um gosto amargo como o de café preto. Você procurou um psicólogo?, perguntou, e quando respondi que não, acrescentou que eu deveria, pois apresentava sinais de depressão.

O psicólogo me perguntou sobre minha vida, e eu lhe contei tudo. Então ele me receitou: O único tratamento para você é viajar; o que você precisa é do calor do amor, do sol e de ter dinheiro no bolso. Então arrumei a mala e comuniquei a minha esposa que decidira viajar. Para onde?, ela me perguntou. Para outro mundo, respondi, apontando para um lugar no mapa. Ela pôs seus óculos fundo de garrafa, olhou o lugar que eu indicava e disse: Então você está indo para o além-mar? Não se preocupe, estarei de volta muito em breve, trazendo diamantes e joias para você. Estampei um beijo em sua boca sem lábios e parti, pensando em meu antigo amor e na nova vida que me esperava. Meu coração pulsava no ritmo do tilintar das moedas de ouro e, quando me olhava no espelho, me via como o rei Chahrayar, estuprando uma virgem todas as noites e matando-a ao amanhecer.

*

De onde eu estava, do alto, eu podia ver a terra brilhando sob o sol como um mar de ouro, com uma colina verde despontando entre o rio e o mar. O avião pousou depois do pôr do sol, e, ao descer, senti o cheiro de coisas antigas, um odor de suor misturado com gordura e querosene queimado. Havia fumaça e rostos cinzentos, uma língua que eu não entendia, olhos sem brilho, massas quadradas envoltas em capas pretas, crianças com cara de adulto e enxames de moscas devorando seus olhos. Quando saí do aeroporto, homens vestindo longos mantos me rodearam e começaram a disputar minha mala, às cotoveladas. Um deles me jogou dentro de um táxi e, atrás de mim, a mala. O carro arrancou e seguiu em frente no escuro, cercado por mil buzinas e um barulho parecido com foguetes explodindo no céu ou uma artilharia inteira disparando. Quando paramos em um cruzamento perto do semáforo vermelho, várias crianças vieram correndo de todos os lados, carregando flanelas amarelas, e começaram a limpar o vidro da frente; depois empurraram suas palmas rachadas sob meu nariz, mas o motorista as expulsou aos gritos. Desanimado, cheguei ao hotel e perguntei na recepção se alguém tinha me procurado; eles disseram que não. Então expliquei: Tenho um encontro com o Imã. Hoje é a Grande Festa, o Imã está discursando e todos estão no feriado, o recepcionista falou. O que posso fazer durante o feriado?, perguntei. Nada, está tudo fechado, ele respondeu. Não há mesmo nada que eu possa ver nesses dias?, insisti. Você pode ver a Virgem Maria, se quiser. Ela se mostrou várias vezes durante os últimos dias na antiga igreja vizinha à nova mesquita, e há uma multidão reunida por lá, à espera da aparição da Virgem.

Antes que eu tivesse tempo de decidir, um deles me empurrou para dentro de outro táxi, e no banco de trás eu me encontrei fazendo o sinal da cruz: Pai, Filho e Espírito Santo. Quando cheguei, mal pude acreditar em meus olhos. As pessoas pareciam ter vindo de todos os cantos do mundo, homens, mulheres e crianças, jovens e velhos, todos sentados no chão ou em cadeiras de palha, alguns de túnica camponesa; outros, com roupas de gente da cidade. Havia mulheres com o rosto coberto e outras seminuas. Havia pessoas que pareciam doentes, famintas e pálidas, e outras de rosto corado, cheio de saúde e vitalidade, mas todas tinham os olhos voltados para a cúpula da igreja, esperando a Virgem aparecer. Tinham lido sobre ela nos jornais, e todos aqueles que não conseguiram vê-la no ano anterior estavam lá. Até os estrangeiros vieram testemunhar o milagre — eles podiam ser vistos no meio da multidão acompanhados de um cão preto, que também levantava os olhos em direção à cúpula em reverência. Um homem sussurrou ao ouvido do vizinho: Você acha que a fé pode entrar no coração de um cão? E o vizinho respondeu: Por que não? Se um cão sabe o que significa ser fiel a seu dono, por que não poderia ser levado a acreditar em Deus, especialmente cães como esses, que são de uma raça estrangeira? Deus lhes deu a capacidade de reconhecer quem é culpado de um crime e quem é inocente; e sabe-se que eles se alimentam de fígado de baleia e que sorriem quando são fotografados. O primeiro homem comentou: Nunca vimos um cão sorrir em nossa terra. Ao que o outro replicou: Você sabe que a terra deles é diferente da nossa e que seus cães também são diferentes. Eles são as Grandes Potências — Deus nos proteja de seu mal! — e nos enviam a morte em comidas enlatadas e mísseis que arrasam nossas cidades, além de aviões que viajam para a Lua. Para a Lua?, o primeiro perguntou, espantado, enquanto olhava para ela, pendurada no céu sem que nada na Terra a sustentasse. Sentiu-se então tranquilo e comentou: Pois é, Deus é maior do que as Grandes Potências. Ele reina acima de todos os homens e de todas as coisas deste mundo. Mas você disse que eles têm homens que já estiveram na Lua. Sim! Juro que é verdade. E mais: até uma mulher já esteve lá, respondeu o segundo homem. Uma mulher?!, bradou o primeiro, que pareceu ainda mais espantado. O outro acenou com a cabeça com ar de quem sabia tudo sobre o assunto e disse: Juro por Deus que é verdade, que eles enviaram uma mulher. Mesmo assim, o primeiro homem permaneceu cético e disse com desdém: Mulher? Como era? Tinha seios como os seios das mulheres daqui, como sua esposa e a minha? E ela viajou sozinha, sem uma companhia masculina? E o segundo homem contou que ela foi sozinha, completamente só, sem a companhia de nenhum homem; e ela nem sequer usava um véu, já que não havia homens na Lua e, mesmo que houvesse, eles eram diferentes dos homens na Terra e não eram provocados pelos atributos físicos das mulheres. O espanto do homem cresceu e ele indagou: Se os atrativos das mulheres não os provocam, o que os atrai então? Só Deus sabe, meu amigo, respondeu o outro, só Deus sabe! Já é meia-noite e a Virgem ainda não apareceu. Eles se perguntam: Por que ela não apareceu? Teria mudado de ideia e decidido aparecer em outra terra? Ela sempre escolhia aparecer nesta terra, mas se fosse em outro lugar, onde seria? Quem sabe mudou de lugar porque não acreditamos em seu filho, Jesus. Ainda assim, ela apareceu ontem na igreja. Ela não faz diferença entre aqueles que acreditam em Muhammad e aqueles que acreditam em Cristo e se opõe a conflitos sectários. Eles descreveram nos jornais como ela desceu do céu e publicaram fotos dela perto da cúpula da igreja.

Você não leu nos jornais?, perguntou o homem, impaciente. Não, eu não sei ler, disse o outro, e acrescentou: Mas a Virgem Maria não é um espírito? Ela é a mais pura e a mais casta deste mundo e do próximo, disse o outro homem solenemente. Mas como os jornais publicam fotos de espíritos?, sussurrou ao ouvido do vizinho, que lhe respondeu com um olhar duro e poucas palavras: Por que não, irmão? Eles são os jornais do Imã, e nada é impossível para eles.

Uma criança paralítica que tinha sido levada pela mãe e estava sentada lá olhando para o alto de repente gritou e levantou as mãos para o céu. Imediatamente todas as pessoas reunidas a sua volta se ergueram glorificando o nome de Deus Todo-Poderoso e da Virgem Maria. Os dois homens que estavam conversando agachados no chão se levantaram e acompanharam os outros. O primeiro sussurrou ao ouvido do segundo homem: É a Virgem Maria? O segundo gritou: Claro! Não está vendo? Olhe! Então ele olhou para cima, para a cúpula da igreja, na mesma direção para onde olhavam os outros, e começou a tremer inteiro, porque não viu nada e pensou ter ficado cego. Então, fez um grande esforço, afastou todas as dúvidas, fitou novamente o escuro e bradou com os outros: Lá está ela, lá está ela!

*

O Imã acenou com a cabeça em um gesto de grande satisfação e disse: Este é um excelente projeto que transformará o deserto em um verdadeiro Jardim do Éden. Ele me deu o título de especialista, me presenteou com uma praia privada e depois me disse que tudo que eu precisava fazer era assinar meu nome no contrato. Mas, antes de eu assinar, eles me perguntaram: Qual é seu nome? E eu respondi: Josef. Eles disseram que a origem do nome era Yussef e que eu tinha que mudá-lo. Eu concordei: Que seja! Deus e Jesus Cristo hão de me recompensar por isso! Então eles me perguntaram se eu acreditava em Jesus Cristo e não no Profeta Muhammad, e eu respondi que o que mais importava era o projeto e que eu estava disposto a desistir de Jesus Cristo se isso fosse necessário. Depois perguntaram o nome de minha mãe. Tive que contar a eles que eu era um bebê de proveta e não sabia o nome dela. Perguntaram o que era proveta. Eu expliquei que era um tubo de ensaio, uma espécie de útero que, completamente livre de qualquer tipo de pecado, e sem que houvesse relações sexuais entre um homem e uma mulher nem casamento, produzia bebês. Tratava-se, sim, de inseminação, porém artificial. Consternados, eles gritaram em voz alta: Deus nos proteja do Diabo e de suas maquinações, pois isso é realmente o pior tipo de adultério e fornicação e leva à mistura de sangue. É totalmente proibido pelo Imã. Mas que culpa tenho? Eu era um embrião em um útero de proveta, sem saber nada sobre adultério ou pecado ou fornicação, argumentei. A única salvação para você é purificar-se do pecado e declarar sua fé no único Deus e em Seu Profeta, sentenciaram. Perguntei como podia me purificar do pecado. É muito simples: tudo que tem a fazer é cortar o prepúcio que cobre seu membro, responderam. Eu aceito tudo, menos que uma parte de meu corpo seja tirada de mim, retruquei. No entanto, insistiram que era a única maneira de eu me livrar dos pecados, de desfrutar das bênçãos de Deus e de garantir o sucesso do projeto. Finalmente cedi, dizendo a mim mesmo: Que seja! O que é um couro perto do ouro?!

O barbeiro então chegou, carregando sua pequena bolsa. Ele me purificou cortando o prepúcio com uma navalha, sem anestesia, afora uma garrafa de bebida alcoólica. Quando acabou, descobri que dezenas de meninos estavam lá para o mesmo procedimento e que eu era o único adulto entre eles a ser circuncidado. Então baixei meu rosto com vergonha e declarei minha conversão nos jornais. Assim, passei a ser conhecido como o Especialista Crente. Toda manhã, meu retrato emoldurado aparecia no jornal com uma opinião minha que virava preceito. Eu tinha resposta para todas as perguntas e solução para cada problema. Tudo podia ser resolvido com o regresso ao curral da religião e a crença em Deus e no Profeta. Eles chegaram a me perguntar: E a radiação nuclear, o que podemos fazer para nos protegermos dela? Respondi: Orem cinco vezes por dia e jejuem durante o mês do Ramadã. Então perguntaram o que eu achava da carestia e da fome. Disse que cortar a mão daqueles que roubam e obrigar as mulheres a usar véu era a solução. Pouco tempo depois, o Imã me concedeu o título de Filósofo e Deus multiplicou meus ganhos. Ao término do contrato, enchi as malas com ouro e fugi de avião sem nem sequer pagar a taxa alfandegária. Minha namorada Kati foi comigo.

Amor antigo

Da varanda do harém, rosada, da cor do sol no poente, olhei para a terra entre o rio e o mar; tão vasta, estendia-se verde até o oceano. Do outro lado do rio, vi a mesquita situada na depressão atrás da colina, onde também ficava o orfanato e, atrás dele, para além do terreno baldio, a Casa da Alegria. Entre os dois, ficava o hospital militar com grandes janelas de vidro, que brilhavam à luz do sol. De detrás delas, os médicos do Exército apareciam, rindo e assobiando para os aposentos das enfermeiras. De quepe militar, disparavam nos pássaros nas árvores com uma espingarda de brinquedo. De tempos em tempos, tiravam dos bolsos biribas, sopravam nelas e as atiravam no chão. O barulho se misturava às aclamações da multidão e aos fogos da festa.

Eu estava na varanda do harém ouvindo o discurso do Imã, cercada de cestas de rosas e grupos de dança de crianças vestidas como anjos brancos. As senhoras das associações filantrópicas, parecendo corvos pretos, aplaudiam. Nas últimas filas estavam as mães exemplares e as viúvas dos mártires. Lá estava ele, em meio às aclamações da multidão, quando ouvi disparos de uma arma; de repente, seu rosto de borracha caiu-lhe entre os pés e ele o encobriu no chão. Quando vi o que aconteceu, tapei meu rosto com as mãos e pedi a Deus e a Seu Profeta que a terra me engolisse. Então rezei ao Senhor Cristo e a Sua mãe, a Virgem Maria, para que eu fosse transformada em um espírito, para que pudesse voar sem ser vista e voltar ao útero materno.

Imaginei que minha mãe me esperava na porta de braços abertos enquanto eu corria pelas escadas da antiga casa. Ela me abraçaria firmemente e sussurraria em meu ouvido: Por que demorou? Onde esteve todo esse tempo? Eu diria: Ao lado do homem estrangeiro. Mas por quê, filha, por que dar a vida a um estranho?, indagaria. E eu contaria que ele vinha acompanhado de um trono com muitos servos e servas, e que eu estava cansada de lavar pratos e de sorrir para rostos que nunca sorriam para mim. Estava cansada de ser filha de um homem que se recusou a me reconhecer. E minha mãe diria: Lavar pratos é muito mais simples do que lavar o corpo de um homem depois que ele morre, e ser reconhecida pela mãe vale muito mais do que sê-lo pelo pai. Eu a deixaria parada lá e correria pelo velho caminho. Ao final, do lado da igreja, há uma casa pequena. Bato na porta no mesmo ritmo em que bate meu coração dentro do peito. A porta se abre e eu vejo um rosto como o de Jesus Cristo. Eu o reconheço e ele também me reconhece, me carrega nos braços e pergunta: Por que demorou? Onde esteve todo esse tempo? Com meu marido, o Imã, no além-mar. Você me trai com seu marido, Kati? Não é traição, Josef, pois quando estou com ele amo você ainda mais. Quando o tenho em meus braços, fecho os olhos e imagino que estou te abraçando. Você sempre foi meu único amor, Kati; depois de você, só amei homens ou mulheres sem seios, que dão à luz livros em vez de bebês. Quando fechava os olhos, desejava que o amor viesse até mim, mas, em vez disso, o que chegava era um estado de letargia que abria as portas da mente para o esquecimento, sem fechar os olhos. Sono pesado como a morte sem a perda da memória, de modo que não te esqueço... nem Cristo, nem meu nome, nem meu corpo sem ferimento. Que ferimento?, pergunto. Ele não diz nada, me abraça. E, quando olho para o espelho redondo pendurado acima da cama do Imã, eu o vejo me segurando firme em seus braços; e nos espelhos ao redor, ele vira cem homens que me abraçam ao mesmo tempo. Eu o tomo então em meus braços como se segurasse todos os homens do mundo; toco o ferimento onde foi circuncidado e digo-lhe que cheira a madeira velha, e que ele costumava ter o cheiro verde das árvores. Isso era quando você me amava; então você me deixou para ir atrás do ouro e aqui estou eu, fazendo a mesma coisa.

Ele me abraça dentro dos espelhos. Limpo meu suor com um lenço perfumado e, ao sentir o cheiro, ele pergunta: Você mudou de perfume? Não, mas meu corpo perdeu o cheiro da juventude, respondo. Apoio-me na cabeceira e descanso a cabeça no travesseiro. Sinto o cheiro da morte exalar de meu corpo e, por mais que eu passe perfume, esse odor não me larga. Ele diz: Não pense nisso. Eu amo você mais ainda quando está no trono, não tente mudar nada para esconder a idade ou as rugas do rosto. O copo de vidro treme em minha mão e a bebida se derrama na cama. Eu rio como uma criança que derramou seu leite. Mas a mancha no lençol é escura e nunca desaparece, não importa quanto eu lave ou alveje. Deitado na cama, meu corpo é pesado e flácido; esforço-me para me levantar e caminhar em direção ao trono. Escondo meu corpo atrás de uma enorme mesa, atrás de livros e pilhas de papéis. Meu nome está lá, gravado em letras de prata em uma capa que eu não abri. E o nome de meu marido está impresso em ouro em um livro que ele não escreveu. O Imã chega cheirando a bebida e suor de outra mulher, mas eu não digo nada, não sou a única mulher em sua vida nem ele é o único homem na minha. Eu me refugiei nele da pobreza e ele busca em mim conforto pelo fracasso e pela derrota.

No fundo de minha alma está a amargura de saber a verdade e, por todos os lados, a morte da ilusão me cerca, feito ar quente, que me faz sentir a terra entrar no nariz enquanto olho em volta para o trono que desapareceu. Ainda consigo ver o Imã esticar os braços, tentando me segurar. Eu estendo os meus, para me agarrar a ele, mas, quanto mais nossos corpos se aproximam, maior é a distância entre nós, de forma que, quando nos tocamos, estamos longe um do outro. Sempre foi assim, pois desde o primeiro dia em que nos abraçamos éramos distantes, e não importa quanto tentemos estar próximos, sempre é em vão. Eu gostava de ler na cama antes de dormir, mas ele se virava para mim, o copo na mão, e começava a me contar o que tinha acontecido durante o dia. Conversávamos e era prazeroso. Quando me abraçava, aí sim o prazer sumia. Eu preferia sua conversa a seu abraço, como se nossos corpos não dialogassem ou falassem línguas diferentes. Na conversa, ele me entendia e eu o entendia. Mas durante o abraço ocorria o desequilíbrio, que dava lugar a um movimento unilateral: um ataque repentino e um recuo repentino, como se o prazer fosse um pecado e o desejo, um peso do qual ele queria se livrar o mais rápido que podia. No espelho eu o via deitado na cama, via-o se tornar dois homens: o Imã e a cópia exata do Imã. Eu costumava vê-lo andar pelos corredores do palácio com o Guarda-Costas e, à noite, quando ele me abraçava, eu ficava confusa e muitas vezes lhe perguntava se era ele mesmo ou seu dublê. Ele respondia rapidamente: Eu sou o Imã. Uma vez, desabafei: Ele se parece tanto com você que às vezes não consigo distinguir quem é quem. Minha mente é mais poderosa, mas o corpo dele é mais forte. Com o passar do tempo, minha mente foi ficando mais afiada e meu corpo, mais fraco. Você é jovem, podia ser minha filha. Às vezes, tenho medo de um dia voltar de viagem e, como Chahrayar, te encontrar na cama com o Guarda-Costas. Quem é Chahrayar?, perguntei. Você nunca ouviu falar de Chahrayar? Nunca leu *As mil e uma noites*? Nunca. Então você não conhece nossa herança cultural e deve compensar isso com leituras.

Ele deixou a cama e caminhou lentamente até a biblioteca. Ficou parado diante das estantes um bom tempo, lendo os títulos dos livros com dificuldade. Pelos ombros um pouco curvos, pude deduzir que era o Imã, e não o Guarda-Costas. Ao mesmo tempo eu me dei conta de que o conhecia melhor pelas costas; o que me surpreendeu, contudo com certo prazer, pois, por mais doloroso que seja conhecer os fatos, ignorá-los é pior. Conhecê-lo pelas costas era muito melhor do que não conhecê-lo. Caminhei até ele na ponta dos pés e passei meus braços a sua volta por trás, pois eu o amava mais de costas do que de frente, e mais ainda quando estava completamente ausente.

Ele se virou e saiu da biblioteca, carregando com esforço um livro enorme. Pôs os óculos e pude notar a corrente de ouro presa a eles enquanto lia. Suas pálpebras se fechavam pesadas com o sono, mas a boca permanecia semiaberta. Recitando o verso do Trono para afastar os demônios e os espíritos malignos, ele segurava o livro nos braços como a mulher amada. No escuro, eu o via deixar a cama e ir até ela, e eu podia vê-lo abraçado a ela, de um lugar que ele não podia me ver. A visão me causava dor e certo prazer, pois, por mais dura que seja a visão, ver é melhor que não ver. Descobrir é como provar um prazer proibido, algo que se faz em segredo, sozinho. Eu não sentia ciúme nem raiva, e sim culpa, como se estivesse sendo mais infiel a ele do que ele a mim, por gostar mais de vê-lo abraçar outra mulher do que me abraçar.

Avivar o patrimônio cultural

Sempre gostei de ler na cama os livros clássicos do patrimônio cultural. Meu livro preferido era *As mil e uma noites*. Antes de começar a ler, eu tirava o rosto do Imã e punha os óculos. No espelho, via meu rosto ficar redondo sob a luz e minha pele e meus dentes, brancos e brilhantes, como os do rei Chahrayar. Meu coração também era branco e, como o dele, amava as escravas negras. Como Chahrayar, eu era ingênuo e não sabia que uma mulher podia amar outro homem além de seu marido. Eu tremia quando pensava na esposa de Chahrayar na cama com seu escravo, e à noite eu sonhava com minha mulher nos braços de um de meus servos. Eu acordava assustado, mas lá estava ela dormindo sozinha, abraçada a seu livro. Meu coração se aquietava e eu deixava nossa cama e ia me enfiar na cama de minha serva. A caminho, como o rei Chahrayar, eu parava debaixo de uma árvore para respirar ar fresco e desfrutar da sensação de sair sozinho, sem o Guarda-Costas e completamente anônimo. Lá estava eu, enchendo os pulmões, quando notei um gigante que carregava um baú na cabeça. Pensei que se tratava de um ifrite ou de um inimigo do Hizb-Achaitan. Então, trepei rapidamente na árvore e me escondi entre os ramos, como costumava fazer quando criança. Ele se sentou debaixo da árvore e começou a abrir os cadeados do baú, um por um — eram sete. Dentro, havia outro baú que ele abriu, e de lá saiu uma mulher de beleza encantadora. Eu o escutei dizer a ela: Minha querida e fiel esposa, quero dormir um pouco. Então, ele pôs a cabeça sobre seus joelhos e adormeceu. A mulher ergueu o olhar para a árvore e sussurrou: Desça e não tema nada, pois este gigante não é um ifrite, mas um homem comum. Desci. Ela suspendeu a cabeça do marido e a apoiou no chão. Então me abraçou como faz uma mulher com o marido e fez comigo tudo o que um homem virtuoso podia desejar de uma *huri* do Paraíso. Antes de eu me despedir, ela pegou um saquinho que continha um colar com noventa e nove anéis e me perguntou: Você sabe o que é isto? Não tenho ideia, respondi. Os donos desses anéis são os homens com quem fiz o que acabei de fazer com você sem meu marido saber de nada. Ela pediu meu anel e, depois que o enfiou no colar, apontou para o marido dizendo: Este homem me sequestrou em minha noite de núpcias e me trancafiou em um baú que pôs dentro de outro baú, o qual trancou a sete chaves e enterrou debaixo da terra, sem ter a mínima noção de que, quando uma mulher quer algo, nada neste mundo pode impedi-la de obtê-lo. Meu corpo e meu coração estremeceram. Apressado, voltei para o palácio e encontrei minha mulher na cama com seu amante. Então cortei a cabeça dela com a espada, exatamente como fizera o rei Chahrayar, e fui até minhas antigas esposas e cortei a cabeça de cada uma com a mesma espada. Desde então, todo mês, quando a lua ficava cheia, eu me casava com uma virgem, tirava sua virgindade e depois cortava sua cabeça com uma espada. Fiz isso durante vinte anos, até que as pessoas não podiam suportar mais e suas filhas abandonaram a casa delas e fugiram, de modo que chegou o dia em que não havia uma moça solteira que pudesse ser tomada. Na noite da Grande Festa, chamei o Chefe da Segurança e lhe disse que queria uma serva virgem, a mais bela de todos os tempos. Li para ele uma lista de qualidades que eu desejava nessa moça e que constavam nos livros do patrimônio cultural. Eu disse que queria que ela tivesse a cintura esbelta, o peito opulento, densos cílios pretos, a cabeça pequena e as nádegas grandes, que seu alento fosse o perfume das rosas, que fosse hábil na arte do amor, mas que nunca tivesse sido tocada por nenhum homem. Eu queria que quatro coisas nela fossem brancas: o rosto, a risca do cabelo, os dentes e o branco de seus olhos; que quatro coisas fossem pretas: os cílios, as sobrancelhas, a íris e o cabelo; que quatro coisas fossem rosadas: a língua, os lábios, as bochechas e a carne sob sua pele branca; que quatro partes fossem bem arredondadas: as pernas, os pulsos, as nádegas e a barriga; que quatro partes fossem largas: a testa, as maçãs do rosto, os olhos e o peito; e que quatro partes fossem pequenas: a boca, o nariz, as orelhas e aquela abertura, a mais desejada e o propósito em toda mulher.

*

Quando o Chefe da Segurança ouviu todos os atributos exigidos pelo Imã, estava pálido como defunto e começou a acreditar em reencarnação. Pensou: É o espírito de Chahrayar que está tomando o corpo do Imã ou é o espírito do Imã que se apossou do corpo de Chahrayar. Permaneceu em silêncio, cabisbaixo, enquanto as palavras do Imã ecoavam em seus ouvidos, descrevendo suas necessidades, marcando-as nos dedos para que não se esquecesse de nenhuma, até que ouviu as quatro coisas que o Imã queria que fossem pequenas — a boca, as narinas, as orelhas e aquela abertura que é a mais desejada na mulher. Nesse momento, levantou a cabeça e disse finalmente: Mas, senhor Imã, uma serva com esses atributos não pode ser encontrada por menos de noventa mil dinares, e o cofre do Estado está vazio, além das dívidas externas que... O Imã, interrompendo-o, chamou o tesoureiro, que disse: O cofre está em boa forma, com a permissão de Deus. E perguntou sob que item orçamentário o projeto precisava ser arrolado. O Imã quis saber quais orçamentos não tinham mais fundos, ao que o tesoureiro respondeu: Todos, exceto o reservado para os assuntos amorosos, pois, senhor Imã, o amor é difícil de definir, algo desconhecido e conhecido por todos. É coisa séria que se leva com leviandade, e leviana que se leva com seriedade, mas Deus é quem sabe. Depois dessas palavras, o Imã chamou seu Grande Escritor e lhe perguntou qual era a definição de amor em nossa herança cultural. O Grande Escritor respondeu: O amor move o que está parado e para o que se move. Não consta entre as coisas negadas pela religião nem entre as proibidas pela lei religiosa. É cura para todo mal, situação prazerosa, doença almejada, da qual não se deseja ser curado nem despertar. Faz o homem querer o que desdenhou, altera os humores compostos, dá e recebe em doce prazer; abriga suas chamas no coração como incêndio em lugar fechado; se for alimentado, cresce; e se for negligenciado, morre. Se não for a pedra angular da adoração é, no mínimo, a essência de toda a fé.

O Imã lançou um rápido olhar de admiração ao Grande Escritor, deslumbrado com sua vasta cultura e seu conhecimento do patrimônio cultural. Naquele momento, o

Opositor Legal entrou e ficou de cabeça baixa, ouvindo em completo silêncio, contrariando seu hábito, à espera de uma chance de revelar os outros aspectos de toda essa questão. Até que, quase no fim, ele conseguiu intervir dizendo: O amor são vapores nocivos que sobem à cabeça, provenientes de congestionamento seminal, provocado por um jantar pesado contaminado com radiação nuclear. É uma das armadilhas de Satanás, causa magreza no corpo, falta de ar e batimentos cardíacos irregulares e arrasta a nós, homens, para um poço sem fundo. É uma infecção mortal. Começa como um jogo e termina em fogo. Sempre que Deus enviou um de Seus profetas para este mundo, temeu por ele por causa da sedução das mulheres. E, quando o membro do homem se levanta, metade de sua mente está perdida. A ereção do órgão masculino é uma catástrofe avassaladora, pois quando é provocada nada pode detê-la, nem a razão nem a fé. O amor é uma batalha na qual é preciso saber correr, avançar, recuar e escapar. As mulheres se apresentam com o rosto de anjo e se retiram com a astúcia dos demônios. Elas enfeitiçam o homem, transformando-o em um gato ou em um carneiro que rasteja, e nenhum homem jamais montou sua mulher sem que ela gritasse: Você me matou! A essa altura, o Imã, tomado de grande excitação, gritou: Ah, eu a mato e pago por esse pecado! No entanto, o Opositor indagou com voz tranquila: Há o suficiente no cofre para nós dois, senhor Imã? O tesoureiro ficou calado, mas o Chefe da Segurança rapidamente reivindicou: E eu, senhor Imã, não teria parte nessa paixão? Os olhos do Grande Escritor brilharam enquanto circulavam pelos presentes. O tesoureiro, quebrando o silêncio e entendendo que era hora de dizer algo, falou: Só há o suficiente para o Imã e outro homem escolhido por ele. Disse isso certo de que o Imã o escolheria, pois, como dizia o ditado: a água não pode passar despercebida por um sedento. O Imã passou os olhos por eles como se fosse difícil escolher entre os quatro pilares de seu governo, relutante em ofender qualquer um deles. Sua vida estava nas mãos do Chefe da Segurança; seu cofre, nas mãos do tesoureiro; a democracia, nas mãos do Opositor Legal; e a cultura, nas mãos do Grande Escritor. Assim, a única maneira de resolver a questão era os quatro desistirem de sua parte em favor do Imã; afinal, ele merecia todos os prazeres deste mundo e do próximo: na terra, todas as servas que desejasse e, no Paraíso, as setenta e sete *huris*. Ninguém mais tinha os mesmos direitos, uma vez que todos os homens, exceto o Imã, são iguais perante a lei, e qualquer tentativa de mudar isso é heresia, uma armadilha preparada pelo próprio Satanás.

Assim, o Chefe da Segurança pegou os noventa mil dinares e foi ao mercado conversar com os comerciantes e os corretores. Ordenou que nenhuma jovem fosse vendida por mais de noventa mil dinares sem antes ser oferecida a ele para verificação. Mas o mercado andava bastante fraco naqueles tempos, porque, depois da derrota na guerra, a maioria das meninas e das moças tinha emigrado para outras terras de Deus. O Chefe da Segurança, acompanhado por seus guardas e cães de caça, foi de casa em casa; vasculhou cuidadosamente, mas não encontrou uma única virgem que se encaixasse na descrição do Imã. Ele estava a ponto de dar meia-volta e regressar com as mãos vazias, quando a avistou de longe, correndo como uma gazela, e atrás dela seu cão. Seguiu-a de imediato e foi seguido pelos guardas e pelos cães. Ele só conseguiu vê-la por trás. Porte esbelto, cintura fina, partes cheias; sua silhueta coincidia com todas as coisas sagradas, imaginadas e herdadas. Levantou os braços para o céu em gratidão a Deus. Ela já não tinha nenhuma chance de escapar da vontade de Deus.

O Imã a viu quando ela entrou. Ele estava na cama sobre sua mulher, ainda no esforço da cópula, e, sem hesitação, divorciou-se dela, enunciando a tripla declaração de divórcio, e vestiu as calças. A moça entrou ereta, com a cabeça erguida e seu cão, Marzuq, atrás dela. O cão olhou-o no rosto apenas uma vez e o reconheceu — apesar da passagem dos anos, os cães não esquecem da história nem do passado. Marzuq pulou em cima dele e agarrou suas calças com os dentes, puxando-as com toda a força, repetindo o que tinha feito antes. E como os cães não podiam fazer a história se repetir, o Chefe da Segurança o segurou pelo pescoço e rapidamente acorrentou suas patas. Naquela noite, quando tudo ficou em silêncio, quando todas as coisas pareciam dormir, até o vento, ele atirou na cabeça do cão uma bala silenciosa. A essa altura, ela já estava nos braços do Imã e com a vida contada: uma noite apenas, a da Grande Festa, quando a lua ficava cheia. Deitada sob a luz branca, nua como quando nasceu, ela viu o rosto pálido de sua mãe e pensou: Salvo minha vida ou morro por minhas irmãs, tornando-me a razão da salvação delas da tirania dele.

Espiando pelo buraco da fechadura da porta, o Chefe da Segurança foi tomado pelo espanto quando a viu espargir o Imã com água de um bule, balbuciando e repetindo: Abandone esta forma e transforme-se em um carneiro agora! E foi o que aconteceu: um carneiro que baliu a noite toda. Mas, antes do nascer do sol, ela pegou o bule, espargiu o carneiro com água e proferiu as seguintes palavras: Abandone esta figura e volte à forma anterior. E foi assim que ele voltou a sua forma original, tendo o rosto do Imã.

O Chefe da Segurança tremeu pelo que vira através do buraco da fechadura, pois significava que ela possuía os segredos da magia e feitiçaria, como as mulheres mencionadas nos livros antigos. Ele ficou admirado com a habilidade dessa escrava de transformar o Imã em um animal de quatro patas, enquanto ele não conseguia mudar nada nela. O Chefe da Segurança bateu uma palma contra a outra em consternação. Tratava-se certamente da vontade de Deus, que se revelava por meio da mais fraca de Suas criaturas. Logo descartou tal possibilidade e implorou a Deus que o perdoasse por suas ideias heréticas. Tais acontecimentos só poderiam ser obra de Satanás; Deus estava sem dúvida do lado do Imã e nunca permitiria algo assim. Um momento depois, ele implorou a Deus por misericórdia mais uma vez, sentindo que apresentar as coisas dessa forma também era errado, pois a vontade de Deus estava acima de Satanás, e Satanás não poderia fazer nada sem a vontade de Deus. Então, fechando bem os lábios, como se tivesse decidido nunca mais dizer nada, ele posicionou o olho no buraco da fechadura e continuou a assistir ao que acontecia.

Bint-Allah e o Imã

Era a noite da Grande Festa. Casar não foi escolha minha. Conduziram-me a ele por uma corrente amarrada no pulso, enrolada em um vestido branco da cor dos anjos e das mortalhas. Em uma cama de mármore decorada, como os túmulos das rainhas, me vi nua como nasci. Recordei. Nunca conheci minha mãe e, no orfanato, quando andava dormindo, eu procurava por ela. Em sonho, eu escutava a voz de Deus como se fosse a voz dela e por isso corria até Ele, escondendo-me dos djins e dos demônios em seu colo. Dormia à noite na companhia de Deus e de manhã acordava com Jesus Cristo. Sentia-o mover-se dentro de mim, com pés macios como veludo. Eu passava meus braços em volta dele por baixo de minha barriga e o levantava na luz, para que fosse visto por Deus, pela Pátria e pelo Imã. Eu sorria para os rostos, mas eles não sorriam para mim. Os olhos giravam e giravam sob as pálpebras, os rostos descolavam da cabeça, que ficava em carne viva. As cabeças não tinham cabelo, mas os rostos estavam cobertos de pelos grossos. A voz, antes suave e carinhosa, se transformava em um latido de lobo que me perseguia no sono à noite enquanto eu andava à procura de minha mãe. Corro. Atrás de mim, ouço um barulho infernal, são muitos pés correndo atrás de mim. São cem ou mil pés... correm como um exército sem fim... cem ou mil mãos que me golpeiam pelas costas. Quando eu me viro, desaparecem, temem o enfrentamento direto. Cada um tem receio de ficar sozinho e só se sente forte se tiver uma arma na mão. Eles avançam em linhas tortas, com pernas tortas e olhares tortos. Eu conheço esses rostos, um por um, e o rosto de seus líderes e o de seus cães. Cada cão usa o rosto de um carneiro durante o dia e o de um lobo à noite; avançam com os homens marchando à frente, seguidos pelos guardas, e depois, os cães e os gatos se juntam mostrando os dentes, impulsionados pelas pequenas patas carnudas; os olhos brilhando excitados, as barrigas inchadas com uma fome abafada, feito ar estagnado em cubículos fechados.

Eu corri e de longe vi minha mãe parada perto da rocha, esperando-me no topo da colina que fica entre o rio e o mar, seus braços estendidos em minha direção. Quase a alcancei e consegui me salvar, não tivesse parado para encher meus olhos com o lugar, com a paz e a calma do local onde nasci. Eles me atingiram pelas costas, e, antes de cair e me esquecer das letras, perguntei: Vocês matam a vítima e deixam o criminoso livre? Retrucaram: Quem é o criminoso a quem você se refere? Apontei para o rosto pendurado em um poste que chegava até o céu.

*

Eu o vi de pé a minha frente, nu como quando nasceu, e me encolhi debaixo da coberta como fazia no orfanato. Quem é você?, perguntei. Sou o Imã. Você não reconhece meu rosto?, indagou. Eu não te conheço. Nunca viu meu rosto antes deste dia? Eu não te conheço, insisti. Você não lê os jornais, não assiste à televisão, não vê as imagens penduradas nos arcos da vitória, não compra selos de cartas ou papel timbrado? O que é isso? Nunca ouvi falar, respondi. Você não é deste mundo nem é uma de nós. Se não conhece o Imã, não conhece a Pátria e, se não conhece a Pátria, não conhece Deus. Você nunca ouviu as pessoas gritando: Deus, a Pátria, o Imã? Nunca os ouvi gritar coisas assim. Você é do Hizb-Allah ou do Hizb-Achaitan?, perguntou, abismado. De nenhum deles, respondi. Isso é muito estranho! Já leu algum livro de nossa herança cultural? Eu não leio, disse. Mesmo sem ler, você nunca ouviu falar de histórias como as de *As mil e uma noites* e do rei Chahrayar? Quem é Chahrayar?, indaguei. Você não conhece o rei Chahrayar, que foi traído por sua esposa branca com um escravo negro?! Não conheço, respondi. Você sabe por que uma mulher branca prefere um escravo negro a seu marido branco? Porque ela o ama mais do que ao marido. Mas uma mulher pode amar outro homem mais do que a seu marido?, incrédulo, ele bateu uma palma contra a outra. Sim, pode, eu disse. Mas o que seu amante teria que seu marido não tem? Amor.

Ele riu tão alto, gargalhadas retumbantes como os tambores da festa; então abriu os abraços como querendo abraçar o universo e disse: Meu amor é tão grande que é suficiente para o mundo inteiro, e meu coração é tão grande que nele cabe todo o meu povo. Se em seu coração cabe todo mundo, então não há ninguém nele.

Ele descansava a cabeça em uma almofada dourada forrada de penas de avestruz; seu corpo estirado em um tapete persa bordado com a imagem da Caaba; o cotovelo fazia uma depressão na Caaba; sua mão tremeu e um pouco do vinho caiu dentro dessa cova. Ele ajeitou o corpo nu coberto de pelos e fixou os olhos em meu corpo liso. Bradou: Por que não se ajoelha a meus pés? Nunca me ajoelho para ninguém. Eu não sou qualquer um, e todas as mulheres se ajoelham a meus pés. Eu não sou qualquer mulher. E quem é você? Sou uma mulher sem nome, sem pai, sem mãe, não sei escrever nem ler, mas não te amo; carrego no coração um outro amor.

*

O copo em sua mão tremeu tanto que derramou por inteiro, afogando a Caaba, o santuário e a tumba do Profeta. Ele se ergueu rapidamente e tudo em seu corpo ficou eriçado, do pelo aos ossos. Seu desejo se inflamou e ele perdeu a razão. Nada o deixava assim, exceto uma mulher que se recusava a ser possuída. Só descansaria depois de tê-la entre seus pés e mãos, depois de devorá-la até não sobrar nada além dos ossos.

Sentou-se a sua frente, chupando seus ossos, quebrando-os como bambus de cana-de-açúcar e extraindo a medula por dentro, com sua língua e seus lábios. Ela o olhava ressabiada como o carneiro da festa a caminho do açougueiro, com os olhos cheios de medo... nada além do medo. Não importava quanto comia, ele nunca ficava satisfeito, e não importava quanta segurança tivesse, nunca se sentia seguro... Ela foi lhe entregando um osso após o outro; em seguida, deu-lhe a omoplata, depois a nádega e depois o baço. A barriga dele estava cheia, inchada como couro de cabra, mas ela continuou a lhe entregar sem parar até que ouviu o barulho de uma explosão, e o rosto dele caiu no chão, com os olhos cheios de espanto como se não acreditasse no que estava acontecendo, e ela lhe disse, zombando: Começa como um jogo e termina em fogo. Então ela saltou para longe, leve como uma gazela. Atrás dela, seu cachorro corria.

O despertar após o êxtase

Quando, no escuro da noite, minha mão direita foi tateando o caminho, ela me agarrou com seus dentes afiados de gato. Você é uma gatinha, como minha antiga esposa Kati, que fugiu de mim e foi para o exterior com seu antigo amor, deixando-me sozinho neste mundo, eu disse. Eu não sou sua gatinha, ela respondeu. Pode não ser uma gata, mas é felina. Então ela mordeu muito forte minha mão, até separá-la do braço. Apesar da dor, senti prazer e por isso lhe dei a outra mão, que ela pegou com os dentes e afundou-os na carne até separá-la do braço. Isto não é brincadeira, eu pensei, e lhe dei minha perna direita. Ela a agarrou entre os dentes por um momento, depois a cortou, e, quando abri os olhos, de onde eu estava deitado, de bruços com a cara virada para baixo, vislumbrei-a de pé a minha frente e a reconheci na hora: o rosto delgado e pálido, os grandes olhos pretos, que podiam abarcar todos os crimes do mundo. Eu disse a ela: Você é Bint-Allah. Por que se esconde atrás de outro rosto e dentro de outro corpo? Ela não abriu a boca e ficou parada na minha frente em silêncio, o que significava que estava pensando muito mais do que é permitido pela lei religiosa à mulher, que foi criada a partir de uma costela torta e por isso lhe faltou juízo e também fé. Tentei me aproximar dela e ter certeza de que o rosto que via a minha frente era realmente o de Bint-Allah; foi quando percebi que eu tinha apenas uma perna e que não estava de pé, e por isso comecei a rastejar até ela, que permaneceu imóvel e calada. Pensei comigo mesmo: Ela é certamente uma feiticeira, me espargiu com água de um bule enquanto eu dormia e me transformou em um lagarto ou um carneiro. Mas ela não tinha o rosto de uma feiticeira. Em seus olhos, notei um brilho escuro como os olhos dos demônios e espíritos malignos, por isso recitei o verso do Trono várias vezes para afastá-la, mas nada aconteceu, e ela ficou lá parada como uma rocha. Seus lábios selados com um silêncio dentro de outro silêncio, mas que ecoava em meus ouvidos como o tremor da morte. Estiquei minha mão em direção a ela, querendo que me desse a sua, mas logo notei que meu braço inteiro desaparecera. E quando fui mover a perna para me aproximar dela, a perna já tinha sumido e logo depois meu corpo inteiro se desmanchou no ar, com todos os meus desejos mundanos; então supliquei: Segure minha mão na sua, minha filha, pois já estou farto deste mundo a ponto de querer me desapegar. De você nada quero, exceto que admita que sou seu pai. Com espanto nos olhos, ela disse: Minha mãe me deu à luz, sem pai. Ninguém nasce sem um pai, e eu sou seu pai, o Imã, retruquei. Eu nunca te vi antes e não te conheço. Meu pai é Deus e sou sua filha, Bint-Allah. Cale-se! E que sua língua seja cortada! Ele, Todo-Poderoso, não gerou nem foi gerado.

*

Sua voz era profunda, como se estivesse dormindo; acenava com uma mão invisível e falava com uma voz inaudível. Estou cansado dos desejos deste mundo e a única coisa pela qual ainda anseio é abrir o crânio desta mulher e esmagar seu cérebro para que ela se torne uma mulher exemplar, isto é: um corpo invisível contendo nada mais que um útero, ele disse. Ele via no espelho sua imagem anterior, antes de ser enfeitiçado e se tornar um carneiro pronto para o sacrifício. Em seus ouvidos ainda ecoava a própria voz quando discursava na Grande Festa, cercado por seus apoiadores, pelos membros do Hizb-Allah, em meio aos fogos de artifício e aos gritos do Hizb-Achaitan. Ele baixou o olhar deslocando-o para longe dos céus, pois sentiu que Deus estava com ele e que Satanás também; por isso não havia motivo para temer os que o rodeavam. Seus olhos se moviam sem parar de um rosto para outro, observando como se acotovelavam para ocuparem um lugar mais próximo do Imã. Ele virou o rosto, mas seu olhar continuou varrendo a multidão, tentando encontrar um rosto delgado, pálido, e olhos da cor da noite. Quem é ele? Quem é ela, um homem ou uma mulher, um humano ou um djim? Fechou os olhos para dormir, mas percebeu que ele dormia o tempo todo um sono mais profundo que o de uma tartaruga, e nada mais poderia despertá-lo, nem o barulho dos tiros e dos fogos.

O Grande Escritor

Eu estava na primeira fila, sob os refletores, perto do Imã. As aclamações da multidão ressoavam em meus ouvidos e os fogos de artifício pipocavam no céu. Nada me separava do trono, exceto o corpo do Chefe da Segurança a minha direita e o corpo do Opositor Legal a minha esquerda. Eu ficava entre eles como ponto intermediário de uma corda puxada de ambos os lados. Quando a ponta direita afrouxava, eu inclinava a cabeça para a esquerda e, se a esquerda era esticada, eu forçava o corpo para a direita. Eu tentava ficar ereto dentro do terno de festa, de lã marrom, cor de café torrado, sinal de meu apego à direita, e usava uma gravata vermelha, sinal de minha simpatia pela esquerda; segurava a caneta sempre no meio como uma vara, mantinha-me firme no chão entre o Hizb-Allah e o Hizb-Achaitan e tentava me equilibrar em um pé só, cuidando para que não fosse demovido do lugar, por mais que a terra tremesse. Não podia movê-lo, pois quando um de nós conseguia pôr o pé na primeira fila, tinha que ficar ali segurando o lugar, mesmo que o céu desmoronasse sobre a terra e o rosto do Imã caísse de sua cabeça e rolasse no chão, pois eram muitos pés para pouco espaço, de modo que, se um pé se movesse, outro tomaria imediatamente seu lugar. Cada pé cutucava o calcanhar do pé da frente, e cada cotovelo penetrava a barriga de quem estivesse atrás como um prego na madeira. Mas lá estava eu, firme em meu lugar, imóvel, equilibrando a cabeça sobre o corpo, em posição perpendicular ao chão, com o rosto virado na direção do Imã, enquanto ele olhava na direção oposta à minha.

Ele nunca olhava para mim; mas eu, sim. Ao contrário do que ocorria nos tempos da escola, quando ele se sentava a meu lado e fixava os olhos em mim, enquanto eu mantinha meu rosto virado para outra direção o tempo todo. Eu estava sempre na fila da frente e ele, atrás, e, quando eu caminhava, ele me seguia. Louvado seja Deus Todo-Poderoso, que o fez ficar a minha frente! Juro por Teu nome que não estou reclamando por essa desventura, e sempre agradecemos a Ti, mesmo pelo que nos acontece de ruim, apesar de minha firme crença, ó Deus, de que Tu apenas fazes o bem, pois é só Satanás que opera o mal. No entanto perdoa-me por tal blasfêmia, pois Tu és o único criador e nisso não tens sócio. Por que, ó Deus, depositar os segredos de Tua força na mais fraca de Tuas criaturas? Por que dar autoridade àqueles que são incapazes de pensar, e privar os que pensam de toda autoridade? Essa é realmente uma grande desgraça, e a desgraça é o mal; mas, se o mal nos chega de Deus, então é uma provação, e só podemos aceitar Sua vontade e obedecer a Ele. Foi o próprio Deus quem disse: *E Nós vos poremos à prova com o mal, pois o bem pode ser uma tentação*. No entanto se o mal é advindo de Satanás, é nosso dever resistir; mas como podemos distinguir entre o mal proveniente de Deus e aquele proveniente de Satanás? Ó Deus, perdão, não quero nem me atrevo a ficar no caminho de Tua sabedoria; ninguém exceto Tu, ó Poderoso, transformador das coisas, pode fazer o mal virar o bem e o bem virar o mal. No passado eu tinha um corpo forte e um espírito fraco, mas depois de maduro meu corpo enfraqueceu e meu espírito ficou altivo. Minha Esposa Legal não lê mais o que escrevo e se recusa a respeitar a lei da obediência ou a lei religiosa e discute comigo sobre coisas sagradas. Ela me desafia e debate comigo, e isso é uma verdadeira heresia, algo que nunca conheci com minhas esposas anteriores, as legais ou as ilegais, as permanentes ou as temporárias. Nenhuma delas se atreveu a levantar a voz mais alto que a minha, e, se uma delas ria em minha presença, logo escondia a boca atrás da mão e pedia perdão a Deus. Se eu batia em uma delas, com o intuito de endireitá-la — e em conformidade com a lei religiosa —, ela nunca reclamava, e se eu escorregasse da cama para ir ter com minha amante, ela fingia estar dormindo, e se ela estivesse realmente dormindo, mergulhava em um sono mais profundo. Mas essa minha esposa atual mantém os olhos bem abertos, mesmo quando dorme, olhos tão escuros quanto o rosto do Diabo. Quando ela ri, gargalha mais alto que eu e joga a cabeça para trás com tal abandono que até eu sou incapaz de tanto. Riso espontâneo, cheio de alegria e vontade, que parece expulsar todo o ar acumulado em seus pulmões. Isso me faz perceber que estou cheio de bolsões de ar estagnado e que, apesar de todos os esforços para me livrar deles, permanecem fechados desde minha infância. Quando ela ri, sua voz provoca em mim mais ciúme que desejo, por isso eu a largo deitada nua na cama e corro para minha amante, que tenta em vão reavivar minha virilidade, fingindo completa entrega e submissão. Conforta-me dizendo que a velhice traz uma nova força espiritual, ou que o definhamento do corpo é o despertar do intelecto. Eu discordo totalmente dela e digo que se trata apenas de perda de fé na religião e na moral, e que a culpa é de todas as mulheres que perderam por completo o senso de decência. Ouço-a roncar, ela se vira de lado e me dá as costas. Levanto-me então, visto as calças, volto para a cama, mas minha esposa não está mais lá, então me deito sozinho e fico olhando para o teto.

Na parede a minha frente está um retrato de meu pai. O rosto dele se parece com o meu. É redondo e cheio, com uma pele corada, rosada como a minha. Seu nariz é sério como o meu, o que prova que ele é meu pai e que minha mãe era fiel a ele. Sua cabeça é igual à minha, reta, não se inclina para nenhum dos lados. Filho, o melhor é a moderação, ele dizia. Ainda assim, no que diz respeito a minha mãe, ele ignorava toda a moderação. Ele batia nela de dia e ela batia nele à noite. Ela se queixava dele de dia e ele se queixava dela à noite e dizia: Filho, para as mulheres, nós, homens, ou somos agressores ou agredidos, adoradores ou adorados, não há meio-termo. Do outro lado, minha mãe dizia: Filho, para os homens, nós, mulheres, ou somos esposas respeitadas, não desejadas, ou amantes desejadas, não respeitadas, não há meio-termo. Eu podia ver uma nuvem cinzenta pairando em seu semblante. Ela dormia com o rosto virado para a parede e meu pai dormia com o rosto para Deus, enquanto eu me enrolava como um embrião, acomodado no espaço entre os dois na cama grande. Todas as noites, antes de dormir, eu ouvia a voz de meu pai lendo o livro de Deus; recitava três vezes o verso do Trono, para afastar os demônios e os espíritos malignos. Quando suas pálpebras começavam a pesar, ele enfiava o livro de Deus debaixo do travesseiro, onde também guardava a pistola preta, presente de seu pai, quando ainda era criança, que ele apalpava sempre que ouvia um cão latir. Quando a glândula do Diabo começava a crescer por baixo de seu calção durante o sono, ele a apalpava, enquanto a mão direita encontrava o caminho por baixo da camisola de minha mãe, que, ao perceber a ponta da pistola debaixo do travesseiro, começava a se despir, pedindo perdão a Deus, refugiando-se em Sua clemência contra a tentação do Diabo. Antes de voltar a dormir, ela se lavava cinco vezes, com água e sabão, ajoelhava-se em oração sete vezes, envolvia a cabeça com um véu, fechava os olhos e caía no sono profundo dos piedosos e puros. Eu também dormia o sono profundo de uma criança, não vendo nada e não ouvindo nada, exceto fantasmas e os espíritos malignos. O medo, como vento frio, soprava em minha direção de todos os lados, mas eu me mantinha firme em meu lugar, sem me mexer para nenhum dos lados, tentando não tocar em meu pai nem em minha mãe. Eu temia os dois e com o medo vinha a aversão, que deslizava para o meu corpo por baixo da coberta, e não importava quão carinhoso era o abraço de minha mãe, eu continuava a evitar o menor contato com ela, e não importava quanto afeto meu pai me mostrava, eu não conseguia amá-lo. Meu pai era líder de um culto religioso, e ele costumava fazer amuletos para as mulheres sentado no quarto escuro. Uma ocupação imposta pelo pai dele, para conseguir por meio do culto o que não conseguira criando galinhas e coelhos. Ele passava o amuleto com as palavras de Deus ao redor do pescoço das mulheres e o decorava com uma conta azul. Então, voltava para casa carregando carne e legumes, trazendo nos bolsos as moedas que tinham o cheiro do suor das mulheres. Eu fechava a porta para estudar e, no dia das provas, me lembrava de rezar para Deus: prostrava-me três vezes e implorava para que me ajudasse a passar na prova. Deus me atendeu todas as vezes e eu sempre passei de ano.

Assim vivi, passando de um sucesso para outro, sem conhecer o significado do fracasso nem uma vez sequer. Os escritores, um após o outro, caíam, mas eu estava firme ao lado do Imã. Escrevia sem parar e sem ler o que escrevia, satisfeito em ver meu retrato enquadrado. Passava o dia como se fosse um intervalo entre um sonho e outro, e à noite passava de um nível de sonho para outro enquanto me sentava com o Imã, bebendo a nossa antiga amizade, e depois nos esgueirávamos pela escuridão até a Casa da Alegria. Nos dias festivos e nas celebrações, eu ficava a seu lado debaixo do sol, escutando-o gaguejar seu discurso, com o olho aberto do céu irradiando as cores do arco-íris, enquanto a multidão o aclamava. Foi quando percebi que nesse universo havia um poder bem mais forte que o de Satanás, que podia fazer com que eu me juntasse ao Hizb-Allah e gritasse com seus membros. Parado sob as luzes, eu olhava ao redor, procurando em todos os lugares por essa vontade que era maior que a minha, sem ideia de onde vinha, apenas com a certeza de que vinha de fora de meu ser — talvez da abóbada do céu ou do bojo da terra, das ruas, dos becos e das vielas, ou das casas semelhantes a túmulos envoltos em fumaça, ou dos olhares derrotados, dos rostos de crianças cobertos de moscas, da bandeira tremulando no dia da derrota ou dos fogos de artifício que pareciam tiros e ecoavam em meus ouvidos. Eu estava perto do Imã com o pé firmemente plantado no chão, temendo fazer o menor movimento e perder meu lugar. Eu podia ver o olho do sol olhando por nossas almas. Quando o rosto do Imã caiu no chão, o céu não mudou, e a terra não mudou, e as aclamações da multidão continuaram inalteradas, e os fogos ainda estouravam coloridos, e eu ainda estava perto dele com meu rosto próximo ao seu, escondendo seu rosto como se não tivesse visto nada, como se o novo Imã não fosse o antigo, pois o rosto era o mesmo, só o corpo tinha mudado e ele continuava no chão perto de onde eu estava, e pude ver uma nuvem transparente flutuar como uma névoa diante de meus olhos e pude sentir a terra entrar no nariz. Minha cabeça já não estava perpendicular a meu corpo, que não estava mais reto, e meu pé tinha sido empurrado de lado e seu lugar, tomado por outro pé. Olhei por entre as pálpebras para a direita e para a esquerda, não havia nenhum vestígio de algum membro do Hizb-Allah ou do Hizb-Achaitan... nem do corpo do Imã.

Lá estava eu sozinho no chão, o sol escaldante sobre mim e a terra por baixo fria. A voz de meu pai ecoou em meus ouvidos como a voz do Imã, e eu olhei em sua direção o tempo todo, mas ele virou o rosto para o outro lado, e o fracasso correu por minhas veias como um sangue frio. Fechei os olhos, preparando-me para o descanso eterno, respirei a poeira aos poucos, sem apressar a morte. Em volta de meu pescoço estava a chave do Paraíso; no entanto, sem pressa para saborear seus prazeres, mesmo imaginando as setenta e sete *huris*, algumas loiras e outras morenas, não sabia como escolher. A morte corria por minha boca devagar e eu a saboreava; bebericava-a como a um vinho, de início amargo e no fim doce. Ria, gargalhava como nunca, expulsando todo o ar dos pulmões. Conseguia ouvir minha voz pela primeira vez mais espontânea e alta que a de minha esposa. Não havia mais ar estagnado dentro de mim, retido desde a infância, nem qualquer sentimento de ciúme ou desejos. Já estava repleto dos prazeres mundanos e indiferente a eles; nada segurei, tudo que restou foi um sorriso de anjo no rosto.

*

Levaram-no para sua última esposa em um caixão enfeitado. Na tampa, estava seu nome escrito em letras garrafais e um retrato enquadrado, no qual sorria feito uma donzela. A imagem desse sorriso continuou viva na memória de sua esposa, revelando a ela a tristeza interior no coração de seu falecido marido. Guardou de cor esse sorriso, como prova material de sua sensibilidade, da capacidade de sentir tristeza. Ela só se lembrava dele, rindo e gargalhando. Foram reunidos pela tristeza quando se ausentou, como foram antes pelo amor. Toda vez que ela o abraçava, ele deslizava por entre seus braços como um peixe; tentava pegá-lo em vão. Suas mãos saíam do mar vazias, e tudo que restou dele foram o retrato enquadrado e as palavras impressas nos jornais, palavras que nem ele, nem ela, nem ninguém lia, exceto o Imã. À noite, ela o via deitado com os olhos abertos, observando o filho com uma expressão de dúvida, pois o nariz dele não se parecia com o seu, nem com o de seu pai. Ele agarrava o nariz pequeno entre os dedos e apertava forte, como se estivesse segurando a prova cabal da infidelidade. A criança abria tanto os olhos que pareciam expressar todo o medo do mundo, e os fechava assim que percebia os olhos vermelhos de seu pai, brilhando no escuro como os do Diabo. Uma noite, ele ouviu o pai perguntar: De quem ele é filho? E ouviu a mãe responder: Do amor. Embora ainda bebê, entendeu que aquele homem não era seu pai. Fechou os olhos e dormiu feliz até a manhã seguinte.

Prova de inocência

Estava de pé, a postura ereta, com a cabeça erguida para o céu sob o sol. Na sua testa havia o sinal de fé em Deus e no peito ele carregava a Estrela da Vitória. Em seu ouvido, ecoava o grito de "Deus está com você!". Sua cabeça balançou com um barulho tremendo, seu rosto relaxou, em seguida inclinou-se e caiu entre seus pés enquanto proferia o discurso, tendo o Chefe da Segurança a sua direita e o Grande Escritor e o Opositor Legal a sua esquerda, sob os fogos que estouravam no céu. Sua cabeça não estava mais levantada e seu rosto tinha caído no chão, de modo que a terra começou a entrar nas narinas, mas o Chefe da Segurança olhava para ele como se nada tivesse acontecido. Ele abriu a boca rapidamente para fazer uma pergunta antes que pudesse esquecer o que queria dizer: O que aconteceu com o mundo? O Chefe da Segurança respondeu: Nada, senhor, tudo está em ordem e Deus está com você. Tremendo de raiva, o Imã reclamou: Comigo, onde? Está cego? Não vê o que está acontecendo? E o Chefe da Segurança forçava a vista, girando as pupilas no escuro, até que conseguiu vislumbrá-la correndo pela noite, ligeira feito uma gazela. Ele contraiu os músculos dos lábios e soprou o apito. A terra pareceu se abrir, e de repente todos estavam lá, sem exceção.

Os membros do Hizb-Allah e os do Hizb-Achaitan pareciam chegar de todos os lados, se acotovelavam e se acusavam, e atrás deles estavam seus cães, que latiam sem parar. A sua frente, o Chefe da Segurança corria segurando uma lanterna, seguido pelos outros, que nem sabiam por que corriam; mas a ordem foi dada, e quando a ordem é dada não há espaço para perguntas nem discussão, principalmente porque discutir é uma invenção importada; não consta em nossa tradição cultural, e quem nos traz o que ainda não existe em nossa tradição trama o caos, e a conspiração religiosa é crime mais grave que matar. Apenas um herege, um incrédulo, um traidor da nação e do Imã ousaria discutir tais assuntos; e, se for uma mulher, o crime é ainda pior, pois entra no domínio da depravação e da desonra, já que a honra significa defender nossa terra e defender nossa terra significa proteger a honra de nossas mulheres. Nada é mais importante do que possuir o corpo da mulher; assim, os homens nunca terão dúvidas sobre seus descendentes. O pai de cada criança deve ser conhecido por todos, e os filhos legítimos devem ser separados daqueles nascidos de pais desconhecidos. Uma vez que a paternidade depende do consentimento do pai, sem o qual uma criança não tem direitos, tudo o que o filho ilegítimo pode fazer é rezar, jejuar e se arrepender dos pecados, que são duas vezes maiores para as filhas. Quanto aos direitos, as meninas só têm a metade dos conferidos aos meninos.

*

Ela ouvia a respiração ofegante e os passos metálicos seguidos pelos cães. Corria, sem saber por que corria. Noite escura. Uma luz brilhou ao longe e ela vislumbrou sua mãe de pé, esperando por ela lá no topo da colina, chamando-a com voz suave: Bint-Allah, venha!, com os braços abertos para recebê-la, faltando apenas três passos. Deu um passo e depois outro; faltava um quando parou na encosta da colina que ficava entre o rio e o mar, queria encher o peito com o cheiro do lugar onde nascera e onde morrerá. Foi atingida nas costas e, antes que caísse ou esquecesse as letras, ela se virou e disse: Qual é meu crime? Sou virgem, nunca fui tocada por um homem! E eles disseram: Quando uma garota morre virgem ela vai para o Paraíso, então não vamos enviá-la para o outro mundo até que você não seja mais virgem.

Ofegante, o Chefe da Segurança limpou o suor com um lenço da mais fina seda, os homens que o seguiam limparam o suor com lenços de menor qualidade e os cães, sem lenços, limparam o suor com as patas rachadas e escuras. O som das correntes ressoou alto como os gritos da multidão no dia da Vitória ou dos risos em festas de casamento; foi levada acorrentada, os pés rastejando como um carneiro conduzido para o sacrifício, debaixo do sol vermelho, ardente, e sob o olhar de anjos vestidos de branco, que batiam palmas. Os membros do Hizb-Allah tocavam pandeiros e os do Hizb-Achaitan dançavam a seu ritmo enquanto ela permanecia presa no chão, de pernas bem abertas, e recebia as pedradas sobre a marca do Diabo, bem no meio do corpo. Ela, presa ao lugar, não se mexia; tinha o rosto pálido e delgado, os olhos bem abertos em que cabia a imutabilidade do mundo, a íris preta como a noite e a mente clara, cristalina como água do rio.

No escuro cubículo subterrâneo, seus olhos, bem abertos, continuam a enxergar; e sua memória, ativa, não perde a consciência. O rosto de sua mãe, como o de Deus, não se ausenta. Sua voz suave chama: Bint-Allah, venha! Ela levanta os olhos para o céu e o rosto de Deus desaparece nas nuvens, e o rosto de Satanás aparece todo coberto de pelos, e a cabeça calva brilha vermelha sob o sol. Ela ouve o Chefe da Segurança perguntar: Qual é seu nome? Bint-Allah, ela responde. Seu nome em si é uma blasfêmia. Quem lhe deu esse nome? No orfanato, eles me chamavam de Bint-Allah, e eu tinha uma irmã chamada Nímat-Allah, mas ela morreu ainda criança, e eu tinha um irmão que morreu na guerra. Você já teve uma irmã que morreu criança, ou um irmão que morreu na guerra?, perguntei. Qual é o nome exato de seu irmão? Fadl-Allah, respondi. Ele acenou com a cabeça, passou o lenço no rosto duas vezes, pediu misericórdia a Deus três vezes e disse: Eu o conheço. Tenho um retrato dele no arquivo, mas o nome dele não está registrado nem no Hizb-Allah nem no Hizb-Achaitan. Isso prova que ele não é um de nós, e quem não é um de nós só pode ser uma criação do Diabo. Meu irmão morreu como mártir por seu país e nós lutamos juntos na mesma trincheira, e eu o vi afrontando o inimigo com meus próprios olhos. O que você disse? Você estava com ele na mesma trincheira? Sim, estava. Vocês dois sozinhos? Esse é um crime adicional, pois, de acordo com a lei religiosa, se um homem e uma mulher que não são casados se encontram sozinhos em um lugar isolado, o Diabo estará sempre com eles. Mas ele é meu irmão. Ele é seu irmão adotivo, o que torna proibida a companhia dele. No orfanato não tínhamos mãe nem mãe adotiva, mas bebíamos o leite da mesma búfala. Búfala ou mãe, é a mesma coisa! Ambas têm tetas e amamentam. Ele é seu irmão de leite e, por decreto do Imã, sua punição é ser apedrejada até a morte. Eu sou inocente. Sou virgem e ninguém nunca me tocou. Vamos examiná-la para atestar sua virgindade, pois você não pode ser absolvida sem provas materiais.

O Juiz

No escuro cubículo subterrâneo, vi a face do Juiz emergir na luz. Reconheci-o imediatamente e, antes de ele desaparecer, eu disse: Você é o Imã. Eu sou o Juiz, não o Imã, negou. Como o criminoso pode assumir o papel de juiz?, indaguei. Sou eu que faço as perguntas, não você!, esbravejou. Logo depois do apagar da última luz, a noite ficou tão escura que abrir ou fechar os olhos não fazia diferença. Era uma escuridão só e o ar estava frio como ondas de um mar invisível, e suas palavras pesavam em meus ouvidos como gotas de ouro derretido. Lá estava ele a minha frente usando uma faixa preta sobre a carne nua. Cabeça calva, rosto coberto de pelos, olhos profundos. Você não reconhece meu rosto?, perguntou. Não, nunca vi um juiz em minha vida, respondi. Você nunca viu meu retrato nos jornais? Eu nunca compro jornais. Por quê?, ele quis saber. Com o dinheiro do jornal posso comprar pão para três dias. Mas uma pessoa civilizada não vive só de pão. Ou você não está interessada em cultura? Afinal você é uma búfala ou uma mulher?, indagou. Uma búfala é mais cara que uma mulher. Um homem pode ter uma única búfala, mas pode se casar com quatro mulheres. Quando eu era criança no orfanato, eu não tinha mãe e por isso fui aleitada por uma búfala, e eu tinha uma irmã que morreu criança e um irmão que morreu na guerra; você já teve uma irmã que morreu criança, ou um irmão que morreu lutando na guerra?, perguntei. O Imã morreu lutando, o Profeta morreu lutando e Jesus Cristo morreu lutando... e eu luto como os profetas. Foi o Imã que me nomeou juiz na última sessão e ordenou que eu ensinasse às pessoas tudo o que aprendi com ele desde garoto. O espírito humano vive quatro fases diferentes, uma delas é aquela que ele prefere viver na heresia e no pecado como Numrud, Safrut e Azurá, que espalharam a heresia na época do Profeta. Eu vi Deus em meus sonhos muito antes de qualquer um dos membros do Hizb-Allah ou do Hizb-Achaitan e vi o Profeta na noite da Revelação antes da Grande Festa. Vi também todos os profetas, começando com Adão e Noé, José e Aron, Davi, Salomão e Zakaria, Moisés e Íssa. Eu estava diante do Profeta com a cabeça erguida, mas minha alma estava encolhida. Então chegou Gabriel, a paz esteja com ele, na forma de um anjo, e me levou para longe em suas asas para que eu pudesse ver mais longe do que qualquer um já viu. Fechei os olhos e, quando os abri novamente, eu me vi no mais alto dos céus, onde estava a intransponível árvore de *sidr*, que marca o limite máximo no sétimo céu. Ali, eu ouvi que Deus me chamava, dizendo: Juiz dos juízes, eu removo agora a névoa que está sobre seus olhos para que possa ter a visão, o rosto e o espírito renovados. Minha memória de uma vez ficou tão nítida quanto um cristal, e percebi de pronto que eu era o espírito do Imã, ou o próprio Imã em fases anteriores, e que Deus me entregou todos os segredos do universo, das ciências e da medicina, para que eu pudesse reconhecer uma doença e prescrever sua cura, dizer quem fala a verdade e quem mente, distinguir a voz de Deus da voz de Satanás, uma mulher grávida da não grávida, a virgem da não virgem, o pai legítimo e o ilegítimo, além de saber o sexo de uma criança antes de ela nascer. Trato as mulheres que sofrem da dor menstrual, do desejo sexual e da luxúria que excede os limites permitidos e entrego a cada mulher uma parte de meus segredos, em uma medida diretamente proporcional ao que ela me oferece e me entrega movida apenas pelo amor a Deus, pois os generosos serão sempre bem recompensados. Assim, se você der uma parte do que Deus lhe deu, eu lhe direi se você é virgem ou não e se a criança em seu ventre, seja macho ou fêmea, é fruto da virtude ou do pecado.

*

Seu rosto ficou branco, como se todo o sangue tivesse sido subitamente drenado dele. Juro que sou virgem e que nenhum homem jamais me tocou. Se há uma criança no meu ventre só pode ser Jesus Cristo, pois Deus me visitou em sonho várias vezes. Silêncio!, ele bradou. Que sua língua seja cortada. Tire suas roupas para que eu possa examiná-la. Sou o único que pode saber se alguém a tocou, seja homem ou espírito, pois há espíritos malignos que se deitam com mulheres no escuro da noite. Tire suas roupas e não tenha medo de nada.

Ela tremeu, seus dentes batiam; despiu-se e se deitou sobre a mesa. Na parede, viu a sombra enorme de cinco dedos. Dois longos braços invisíveis amarraram seus braços e pernas em quatro pedestais na mesa de mármore branco e gélido. O frio atravessou os ossos de suas costas, quando estava lá deitada nua, olhando para o teto acima. Ele a observava em silêncio. Então, fechou a cortina da porta, e o cubículo mergulhou em uma penumbra mais profunda do que o escuro da noite. Ele estava ali de pé quase tão próximo que podia tocá-lo, mas ela não podia vê-lo. Ele de pé, ela deitada calada, tentando auscultar o silêncio do universo. De repente, ela sentiu duas mãos rastejando sobre seu corpo e seu corpo virar e escutou algo se quebrar enquanto ela se debatia com as amarras sob o manto escuro da noite. Ouviu-o aspirar e soprar, enquanto a morte gelada tomava conta de seu corpo — como acontece com os corpos dos mortos em um necrotério —, ao mesmo tempo que ele ficava mais incandescente como lenha sobre brasa. Ela estava de braços abertos em súplica a Deus, e ele não se saciava... igual ao deus da destruição que exigia mais vítimas. Na luz tênue, que brotava da pequena fenda nas profundezas da terra, ela viu uma mão emergir, primeiro o dedo polegar sem unha, em seguida o dedo mindinho com uma unha comprida, depois a palma da mão, lisa e sem pelos, e as costas da mão, enrugadas e escuras com veias azuis tortas que saltavam e manchas pretas, como sardas velhas ou pontas de pelos que caíram. Ela ouviu sua voz pedir-lhe para soprar o ar para fora de seu peito, e ela soprou; depois se virou na direção dele, porém foi incapaz de olhá-lo. Na parede, ela viu sua sombra gigante dar a volta e avistou a mão invisível se estender e apertar seu nariz ou o mamilo, ela não conseguiu saber; então houve mais sopro e uma língua de fogo incandesceu, atrofiada no início, mas crescendo aos poucos; depois diminuiu outra vez, balançou, dançou e devorou um pedaço de carne.

Ela continuou deitada no escuro. Em seu corpo, a ferida profunda chegava até o osso. Por baixo dela, escorria um fio de sangue vermelho. Ela podia ouvir as canções da festa, as vozes dos anjos que subiam em louvor, o badalar dos sinos da igreja e o canto dos galos anunciando a chegada do amanhecer. Então escutou o chamado à oração e o sacrifício dos carneiros ao mesmo tempo que os alto-falantes traziam a aclamação: Deus, a Pátria e o Imã! Ele estava no alto da tribuna fazendo seu discurso, tendo os membros do Hizb--Allah a sua direita e os do Hizb-Achaitan a sua esquerda. Enquanto isso, na varanda reservada ao harém, estavam as esposas legais sobre seus saltos altos, cercadas pelas mulheres das associações filantrópicas, por mães exemplares, pelas viúvas dos mártires, por órfãos vestidos com mantos feitos de algodão cru, pelos escolares com os uniformes de escoteiros, pelas moças da Casa da Alegria em trajes de dança estalando os dedos com címbalos, além dos fogos de artifício e dos tambores, da cantoria, dos gritos e também dos disparos de tiros.

Todo esse alvoroço era como silêncio em seus ouvidos, e a ferida funda que sangrava sem dor foi deixada para trás sem arrependimento. Ela fica de pé outra vez e, como um espírito ou espectro, flutua sobre a terra sem que seus pés toquem o chão, com o rosto delgado, as íris escuras como a noite e a mente clara, cristalina como água do rio.

*

Perto da porta externa eu vi filas de mulheres cobertas com longas túnicas pretas, esperando sua vez de entrar e ficar diante do Juiz. Acotovelavam-se para chegar antes, pois com um toque de sua mão abençoada a mulher doente ficava saudável, a estéril engravidava, a grávida abortava, a culpada era inocentada, a solteira se casava, a paralítica se levantava, a acamada sarava, a saudável adoecia, a louca se ajuizava, a ajuizada era rapidamente curada de seu juízo, e o olho aberto se fechava e o fechado se abria, pois ele era o Juiz, e, por uma ordem do Imã, Deus lhe revelou todos os segredos das ciências, da lei e da medicina; e ele, por sua vez, os revelava a elas, na mesma medida do bem que elas entregavam a ele.

Lembrei-me agora de que paguei antes de ir até ele. No escuro havia uma caixa pendurada e cada mulher pagava sem ser vista. Uma voz sussurrada girava por entre as mulheres paradas na porta: Paguem, ó servos de Deus! Quem pagar hoje receberá amanhã se Deus permitir, não só no Paraíso, mas também aqui, neste mundo, do Banco da Fé sob o patrocínio do Imã. Deus é Eterno Soberano. É o Abundoso que dá aos abastados, e toda riqueza é Dele, concedendo às pessoas apenas o direito de dela usufruírem. A riqueza dos dois mundos pertence a Deus; mesmo assim, Ele pede caridade e empréstimos às pessoas. *Aquele que empresta a Deus será compensado em dobro.* Contribuam, ó servos de Deus, para os fundos do Banco da Fé, que foi abençoado por Deus. Assim, vocês receberão de volta com juros de cinquenta por cento, pois especulamos com o ouro e não tememos a falência. Venham, ó homens e mulheres de boa-fé, pois com Deus seu ganho chegará a setenta por cento. Paguem em segredo, sem que ninguém os veja, pois a caridade dada em segredo dissipa a ira de Deus e cura os doentes. A mulher estéril engravidará, o paralítico andará e a culpada inocentada será. Fátima, a filha do Profeta, costumava perfumar os dinares que doava em caridade e, quando lhe perguntavam o motivo, dizia: Eu ouvi o Profeta dizer que um dinar dado em caridade passa pelas mãos de Deus antes de chegar à mão do necessitado.

Apertei o cinto em volta da barriga; não comia nem bebia, jogava as moedas uma atrás da outra na mão de Deus. Fechei os olhos e caí em sono profundo feito criança. No escuro, abri os olhos e ouvi a voz de Deus me chamando na voz de minha mãe, suave e carinhosa como peito de mãe. Corri na direção dela, crente de que era minha mãe. De longe, eu a vi, parada na penumbra me esperando com os braços abertos. Faltava apenas um passo quando parei para tomar fôlego por um momento. Eles me acertaram nas costas; não sabia o motivo e me virei para perguntar antes de me esquecer das letras e das palavras: Por que me atacam se estou dando tudo o que tenho a Deus? Estávamos especulando em ouro e o Banco da Fé faliu porque você é filha do pecado, tem mau agouro e nos trouxe azar. Deus nunca nos fará vitoriosos nem multiplicará nossos lucros enquanto você não for varrida da face da Terra.

A queixa

A quem posso apelar?, perguntei. Quem pode arbitrar na minha causa? O Imã, ele é nosso governante, responderam. Apresentar a ele uma queixa contra ele? Todos nós reclamamos dele para ele. Queixar-se com qualquer um que não seja Deus é uma humilhação, argumentei. Então dobrei o papel com minha queixa e o guardei no peito para que não fosse visto, mas os espias do Imã, que estão em toda parte, me viram e perguntaram: O que está escondendo no peito? Nada, respondi.

Eles rasgaram minha veste na altura do peito e encontraram a queixa dobrada, escrita à mão por mim. Sacudiram o papel com firmeza e disseram: Agora temos a evidência material de seu grande crime. Como pôde ousar pôr no papel e com sua própria caligrafia queixas contra Deus? É uma queixa contra o Imã, eu disse. Você não sabe que o Imã é o representante de Deus na terra, e que quem se opõe ao Imã se opõe a Deus? Eu não sabia disso. Como não sabia? Você não lê os jornais? Não vive neste mundo? Eu não leio seus jornais e não vivo em seu mundo. Mais uma heresia, um novo crime. Quem nos traz algo que não tínhamos antes causa o mal e incita o caos; conspirar é um crime muito mais perigoso que matar, afirmaram.

*

O juiz anunciou a sentença de morte, listando os crimes cometidos: conspiração, desonra e heresia. E antes de executarem a sentença e fazerem a oração por sua alma ausente, perguntaram a ela em tom afetuoso: O que você deseja antes de se despedir deste mundo? Quero um julgamento público e um advogado legal de defesa. Temos uma Oposição Legal, mas nunca ouvimos falar de um advogado legal, disseram.

Eles desapareceram e voltaram na companhia do Opositor Legal, que se posicionou na frente dela; usava um turbante branco, símbolo de sua devoção à causa da Justiça, e, no peito, uma estrela vermelha, o distintivo oficial do Hizb-Achaitan. Pois não!, disse ele com uma voz melodiosa. Eu sou inocente, sem crime nenhum, sem pai nem mãe... Sem pai?, ele a interrompeu. Sim, sem pai. Isso só pode ser uma desgraça enviada por Deus, de acordo com Suas palavras: *E Nós vos poremos à prova com o mal, pois o bem pode ser uma tentação*. Você deve conhecer esse versículo! Não, não o conheço, ela disse. Mas, como?, ele retrucou, surpreso. É um versículo muito conhecido, o trigésimo quinto da sura "Os profetas". Você nunca o ouviu? Nunca, ela confirmou. Desconhecer esse versículo é de fato um grande pecado! Você deve aprender de cor antes de morrer, para que possa ir para o céu, e não para o Inferno.

Ele pôs a mão no bolso da calça, que era da melhor qualidade, e retirou um pedaço de papel e uma caneta com tampa de ouro. Segurou a caneta entre as pontas de seus delicados dedos, como os das esposas legais, e escreveu em letras pretas: *E Nós vos poremos à prova com o bem, pois o mal pode ser uma tentação*. Então ele fechou a caneta com a tampa de ouro, girando-a três vezes, e a devolveu ao bolso de suas calças caras. Seus dedos reapareceram em seguida, limpos e delicados como sempre, e ele voltou a falar em um tom melodioso: Repita este versículo três vezes antes das refeições e três vezes depois das refeições; assim, ao final do terceiro dia, com a permissão de Deus, você deverá ir para o Paraíso.

Ela segurou o pedaço de papel entre os dedos como uma criança que se agarra a uma palha no meio da tempestade. Decorou o versículo de tanto repeti-lo dia e noite. Através de uma rachadura na porta, ela podia vê-los cavando sua cova. Então, amarraram-na com cordas enquanto ela repetia sem parar: *E Nós vos poremos à prova com o bem, pois o mal pode ser uma tentação*. Mas o Imã a ouviu, afinal ele tinha ouvidos em todos os lugares, e, muito bravo, disse: Você comete erros mesmo quando recita as palavras de Deus! Como assim, erros? Não é um versículo do Alcorão? Todos os erros podem ser perdoados, exceto aqueles relacionados às palavras de Deus, pois são mais graves que qualquer outro, ele disse. Mas que erro eu cometi no versículo? As palavras corretas são: *E Nós vos poremos à prova com o mal, pois o bem pode ser uma tentação*, e você está dizendo: *E Nós vos poremos à prova com o bem, pois o mal pode ser uma tentação*; assim você cometeu um grave erro contra Deus, porque as calamidades enviadas com a finalidade de nos pôr à prova só podem ser ruins, não boas. Mas eu desconhecia a forma correta. Então de onde você conseguiu as palavras do versículo errado? Foi o Opositor Legal quem me entregou o versículo por escrito, ela disse. Você está mentindo. O Opositor Legal nunca cometeria um erro com as palavras de Deus. O Imã apertou a campainha com a ponta do dedo, e o Opositor Legal apareceu no ato, com a cabeça enrolada no turbante branco e a estrela vermelha pregada no peito. Senhor, a seu dispor, disse ele. O Imã perguntou-lhe sobre o versículo, mas ele negou qualquer ligação com a mulher, afirmando: Eu só me encontro com as mulheres virtuosas. E, sem exceção, todos acreditaram nele, tanto os membros do Hizb-Allah como os do Hizb-Achaitan. Então ela tirou do peito o papel que ele tinha escrito e lhes mostrou, mas eles disseram que a caligrafia não era dele. Com isso, ela já cometia outro crime: falsificar os versículos do Alcorão e os documentos oficiais. Juro que foi ele que escreveu este papel; fez isso à minha frente com sua caneta-tinteiro, que tem uma tampa dourada, ela disse. O quê?!, todos se espantaram. O que foi que você disse? Tampa dourada? Sim, eu vi com meus próprios olhos. Você está acusando o Opositor Legal de roubo? Eu não estou acusando-o de nada, mas... Você não sabe que ele foi nomeado por decreto do Imã? Não, eu não sei, só queria dizer... O que você teria a dizer depois do que acaba de proferir com sua própria língua?! Isso é uma nova evidência de que sua língua é fonte de rumores e, portanto, deve ser cortada, de acordo com a lei religiosa.

Nesse ponto, seus ouvidos já tinham deixado de ouvir as vozes. Ela continuava firme em seu lugar, imóvel; seus olhos brilhavam como as estrelas de um céu preto e a cabeça estava voltada na direção de Deus. A seu lado, o cão Marzuq, com a cabeça levantada igual à dela e as orelhas em pé, captava as vozes e, com os olhos vigilantes, observava os rostos para que, mais tarde, fosse capaz de reconhecê-los. Latiu bem alto quando olhou para o Imã. Puxou suas calças com os dentes sem deixá-lo escapar e, por mais que tentassem afastá-lo, ele não o largava. Atiraram nele, em seu dorso, e Marzuq caiu ao lado dela, ainda tendo na boca um pedaço de pano daquelas calças da melhor qualidade.

As Grandes Potências

Levantei a cabeça para o céu e a mão para a multidão que me ovacionava. Foi quando ouvi os tiros. Vi meu rosto cair da cabeça nua e rolar para debaixo do trono. Enterrei-o no chão, escondendo-o da vista de todos, e depressa o substituí pelo outro rosto que tinha as feições do Imã. Então, rapidamente, subi de novo à tribuna antes que alguém tivesse tempo de perceber que caí e me levantei. Contudo, o mundo a meu redor não era mais o mesmo de antes. Em meu peito não estavam mais as medalhas e condecorações que eu costumava exibir, nem a Estrela da Justiça fixada por um alfinete, nem o anel real estava em meu dedo. Nenhum de meus partidários estava ali, e os membros do Hizb-Allah e do Hizb-Achaitan sumiram. Até minha Esposa Legal desapareceu, sem deixar rastros. Eu estava só, sem ninguém, rodeado pelo deserto. Ao longe, eu podia ver um rio e, atrás do rio, uma colina verde. Pensei que já estivesse no outro mundo e que aquilo era o Paraíso. Minha boca estava seca; sempre, desde criança, senti muita sede, mas tive certeza absoluta de que havia entrado no Paraíso, tanta certeza quanto minha fé em Deus. No bolso, eu carregava uma carta de recomendação do Profeta e vários documentos de penitência do Banco da Fé. Tirei tudo do bolso e entreguei ao porteiro, Radwan, que a paz de Deus esteja com ele. Ele era analfabeto e não conseguia ler as palavras escritas. Informei-lhe que eu era o Imã e de pronto proferi um de meus famosos discursos. Ele não entendeu nada, pois não dominava a língua árabe. Deixou-me parado na soleira, com minha cabeça nua, exposta ao sol ardente, por um longo tempo. Perguntei-lhe o motivo de não estar interessado em meus discursos, tão celebrados por todos ao redor do mundo. Ele balançou a cabeça, sinalizando que não entendeu o que eu disse. Naquele momento, avistei de longe uma mulher se aproximando. Pensei que fosse minha mãe, mas, quando chegou perto, vi que se tratava de minha primeira esposa. Implorei-lhe que intercedesse junto a Radwan a meu favor, mas ela disse: A única que pode fazer qualquer coisa por você é sua nova esposa. E onde ela está?, indaguei. Ajude-me a encontrá-la.

Então, vi o arauto da cidade se aproximar e o ouvi anunciar: Gente do outro mundo, baixe seus olhares, pois a esposa do Imã vai passar. Avistei então uma mulher clara, de feições estrangeiras, da idade de minha filha e muito parecida com minha Esposa Legal. Cumprimentei-a e disse: No mundo, escrevi muitos discursos, que começavam com "Em nome de Deus" e terminavam com "Louvado seja o Profeta" e, por isso, mereço entrar no Paraíso. Apontando para a cruz pendurada sobre seu peito, ela me perguntou: E não há menção a Jesus Cristo e à Virgem Maria no Alcorão? Então eu disse a ela: Peço que interceda a meu favor. Ela acenou para que eu a seguisse e me agarrei à cauda de sua égua, que não andava no chão, para evitar as ruas lotadas e os semáforos demasiados; ela voava, pois tinha asas de aço e uma cabeça pontuda, como a parte dianteira de um foguete. O que é isto?, perguntei. Deus lhe enviou um avião de presente para substituir a velha égua, ela respondeu.

Então, tomei meu lugar na primeira fila, com o Chefe da Segurança a meu lado. Por uma abertura na porta, pude ver o rosto do piloto. Era redondo e cheio, a pele branca com muitas manchas pretas como sardas, e tinha sotaque estrangeiro. Quando ele veio nos cumprimentar, recebi-o calorosamente, como sempre fazia com os representantes das Grandes Potências. Ele me ofereceu caviar em uma travessa de prata e uma garrafa do melhor vinho, e, quando chegou a hora da decolagem, escutamos, com a permissão de Deus, sua voz vinda do teto. Depois pude ouvir o som de uma música dançante acompanhada pelo que soava como o estalo de dedos de uma mulher ao ritmo da melodia. Olhei para cima e reconheci o rosto dela imediatamente. Jawahir?! Naqueles dias eu ainda era jovem, inocente e cheio de atrevimento, Jawahir vivia na Casa da Alegria, que eu costumava frequentar.

Enquanto eu pensava em tudo isso, o avião tremeu de repente, apertamos os cintos e escutamos uma voz vinda do teto, que recitava versículos do Alcorão e pedia a Deus que protegesse o avião no pouso. Senti as rodas do avião derraparem suavemente sobre um chão verde e macio como a melhor grama; foi quando eu perguntei: Chegamos ao Paraíso? Não, ainda não, respondeu minha Esposa Legal. Você não pode entrar no Paraíso a menos que Cristo interceda por você e até que tenha pagado suas dívidas no mundo. O homem com sardas pretas perguntou: Você não pagou suas dívidas ainda? Dê-me mais um ano, eu disse, pedirei a Deus que adie minha morte até que eu tenha quitado minhas dívidas. Dei-lhe uma taça de vinho para que pudéssemos brindar à amizade, mas ele se recusou a beber, dizendo em seu sotaque estrangeiro que o álcool era proibido e que ele tinha solicitado que jogassem a bebida pelas janelas do avião. Então eu disse a ele: Mas, senhor, por que proibir o que Deus sancionou? Olhe para o Paraíso de Deus e você verá rios fluindo com vinho e belas *huris*, tão loiras como o mel. Ele olhou por cima do muro, mas não viu nada. Onde está o Paraíso de que você fala, senhor Imã? Espere, tenha paciência, ninguém deve tentar apressar Deus. Por Sua vontade, entraremos juntos no Paraíso. Pode ir sozinho. Eu vou esperar no avião. Vamos decolar às seis em ponto pelo horário de Greenwich. Estarei bem aqui e pronto para levá-lo, no caso de acontecer algo ruim a você, que Deus não permita.

Minha Esposa Legal pegou meu braço e caminhamos em direção a Cristo. Ela sussurrou em meu ouvido em uma língua que eu não entendia. Cristo acenou com a cabeça, aceitou interceder por mim e nos disse para caminharmos na senda reta, mas, quando pus meu pé sobre a tal senda, não pude avançar nem um centímetro. Minha Esposa Legal olhou para mim e disse: Aqui terei que deixá-lo nas boas mãos de Deus e de seu Profeta. Retirou-se então, deixando-me tremendo todo. Então notei uma mulher negra que corria sobre a senda reta o mais rápido que podia; ela me pegou pela mão antes de eu cair. Reconheci seu rosto imediatamente, pois fora minha escrava antes de Deus abrir as portas da fortuna para mim. Eu tinha fugido dela na noite, pouco antes de ela dar à luz minha filha. Você é o primeiro e único amor da minha vida, eu disse a ela. Caminhei a seu lado, e ela me puxava para a direita toda vez que eu tombava para a esquerda, e vice-versa, até que ficamos exaustos do esforço que era caminhar na senda reta. Então eu disse a ela: Jawahir, se você quer me ajudar, a melhor coisa a fazer é agir de acordo com o ditado popular "se estou te cansando, me carregue de *záfuna*!". Mas o que é *záfuna*?, ela perguntou. O termo significa apoiar as mãos sobre os ombros do outro, firmá-las e levantar o corpo com a barriga voltada para as costas do outro. Você nunca ouviu o que disse o Jahjul: "Minha situação melhorou tanto quando comecei a andar de *záfuna*". Nunca ouvi falar de Jahjul nem de *záfuna*, mas, seja como for, vou carregá-lo até o Profeta Muhammad.

Carregou-me pela frente, como se carrega uma criança no colo, e, quando chegamos diante do Profeta Muhammad, que a paz esteja com ele, ele disse: Demos a você esta mulher, leve-a para servi-lo no Paraíso. Mas, assim que chegamos à entrada, Radwan perguntou: Você tem um passe? Não, respondi. Não há como entrar no Paraíso sem um passe.

Fiquei ali parado, esperando por muito tempo sob o sol quente, com a cabeça nua, sem nenhuma proteção, e já estava quase na hora de o avião decolar quando notei que perto da entrada havia um salgueiro. Pedi a Radwan que me desse uma de suas folhas, assim poderia voltar depressa até o Profeta e obter um passe, mas ele disse: Não posso deixar nada sair do Paraíso, exceto com a permissão de Sua Alta Majestade. Se Ele me visse, me reconheceria imediatamente, pois, no mundo, Ele esteve todo o tempo a meu lado. Eu tinha muitos partidários no Hizb-Allah e inúmeros amigos dentro e fora do país, e muitos deles eram reis e presidentes e grandes líderes, e todos caminharam em meu funeral. Foi realmente uma cena tremenda de se ver. Você não viu a reportagem na *Newsweek*? Nunca ouvi falar da *Newsweek*. Então você certamente não conhece os grandes homens do mundo nem as Grandes Potências.

A vigília da mãe

Os ruídos ecoavam como um silêncio profundo enquanto eu estava com a cabeça nua sob o sol escaldante. Senti uma dor aguda no peito, como uma ferida ou um buraco penetrando meu coração. A porta do outro mundo ainda estava fechada, enquanto o primeiro, o segundo, o terceiro e o quarto mundos seguiam sem mim. O homem de pé na tribuna recebendo as aclamações da multidão não era eu. Os fogos da festa ainda pipocavam no céu e o porteiro do Paraíso verificava meu passe; com os olhos atrás dos óculos, ele examinava meu retrato e me fazia uma pergunta atrás da outra. Expliquei a ele que tinha uma recomendação do Profeta e que queria encontrar Deus. Ele me perguntou se eu tinha hora marcada e respondi que não, mas que se Ele me visse me receberia imediatamente. Ele perguntou se a finalidade de encontrar Deus era algo público ou privado. Público, eu disse; depois me calei, sem saber o que acrescentar. Assuntos públicos não são segredo, ele murmurou depois de algum tempo, com um olhar sempre desconfiado que me fazia lembrar o Chefe da Segurança, que costumava se meter onde não era chamado. Ele me deixou parado na porta por um longo tempo e, pelo telefone, demorou em uma conversa sussurrada com alguma mulher do outro lado da linha; de vez em quando, soltava umas risadas, tendo sempre o cuidado de se dirigir a ela usando pronomes masculinos. Fiquei parado, quieto; não queria estragar o humor dele. Quando terminou a ligação, me perguntou: Continua aqui? Por favor, deixe-me vê-Lo. Por que você insiste nisso? Quero pedir a Ele que adie minha morte por um ano. Um ano?! Você de fato é um abusado! Peça um mês ou dois, no máximo. Nosso senhor Radwan, um mês não é suficiente para rearmar o Exército, pagar nossas dívidas e restaurar o moral de nosso povo depois da derrota. Não quero um ano porque ainda estou interessado nos prazeres da vida ou nas paixões, mas sim para servir a Deus e à causa da nação.

O telefone tocou e ele começou uma conversa com outra mulher, mas seu tom dessa vez era duro e peremptório e terminou rapidamente; então eu percebi que era com sua Esposa Legal. E, antes que o telefone tocasse de novo, eu disse: Ainda estou esperando suas instruções, nosso senhor Radwan. A essa altura, ele já estava absorvido nos papéis em sua mesa. Levantou os olhos, fitou-me por baixo dos óculos escuros e então disse: Volte amanhã. No entanto, minha experiência anterior com seguranças me auxiliou. Tirei algo do bolso e lhe entreguei como presente, dizendo: Leve este presente para seu Senhor e peça a Ele que me encontre hoje, pois não tenho tempo, e meu avião está esperando por mim. Ele enfiou o presente no bolso, olhou para o relógio e disse: Você só tem alguns minutos para pegar o avião, por isso é melhor se apressar, mas, se deixar seu endereço, envio-lhe uma notificação por correio. Fitei-o com um olhar desconfiado, mas depois recuei, lembrando que ele era nosso senhor Radwan e não mentia: se prometeu, cumpriria. Então deixei meu endereço e fui correndo até o aeroporto, com a certeza de que ele nunca me enviaria nada.

A certo ponto cheguei ao limite do desespero, diminuí meu ritmo e já não me importava mais se perderia o avião. Sentei-me, exausto, e assim que deitei a cabeça no chão, adormeci. Por isso não ouvi o barulho do avião quando pousou nem quando decolou de novo sem mim. Acordei com a firme convicção de que não deveria esperar nada. Já que Radwan certamente não me enviaria a carta, eu não esperaria por ela. Na verdade, mesmo se eu o visse chegando em pessoa para me entregar a carta, não acreditaria que fosse para mim e consideraria o fato um mero equívoco nos cálculos de Deus. Assim, em vez de estender a mão para pegar a carta, eu lhe diria para seguir seu caminho, pois certamente estaria à procura de outra pessoa, já que eu sabia que não merecia, e com isso sorri aliviado, contente, sem ter a perspectiva de me encontrar com Deus. Eu disse: Ó Senhor, meu único desejo é ter uma recompensa justa, nem mais, nem menos, já que fui o único que teve coragem de proclamar uma intenção firme de aplicar a lei religiosa e fazer tudo que estivesse a meu alcance para garantir que seus preceitos fossem executados em sua totalidade, incluindo a aplicação da punição máxima por adultério e roubo, e o arremesso de todas as bebidas alcoólicas nas águas do rio. Ninguém mais teve coragem, ninguém O defendeu como eu nem aplicou Sua lei como eu.

Segurei a cabeça entre as mãos com os olhos cheios d'água e foi quando me pareceu ter ouvido uma voz imperiosa dizer: Levante-se e erga seus braços acima da cabeça. Não tive o trabalho de me virar, pois ninguém falaria comigo nesse tom a menos que fosse de patente mais alta que a minha. Levantei-me imediatamente, erguendo as mãos sobre a cabeça, esperando que o golpe viesse por trás a qualquer momento, mas, em vez disso, a voz ordenou que eu me virasse. Achei difícil acreditar que alguém vendo seu inimigo pelas costas lhe desse a chance de se virar e enfrentá-lo, já que o assassinato pelas costas é certamente mais fácil que pela frente. Ordenar que eu me virasse só podia significar desprezo, e se o desprezo para um homem comum é o pior insulto, imagine para o Imã. Por isso não me virei. Eu preferia morrer como um Imã assassinado a morrer como um Imã derrotado. Então fiquei de pé, de costas, com os braços levantados. Depois caí com o rosto no chão, nos lábios um sorriso valente de guerreiro não apegado à vida nem aos prazeres mundanos, pronto para encontrar a morte a qualquer momento.

O farfalhar das folhas das árvores e o coaxar dos sapos eram como música alegre em meus ouvidos, e a brisa da noite era amena e refrescante, carregando o cheiro do mar. Lá estava eu, firme como uma pedra, inflexível, recusando-me a me mover ou correr, pois tempo era o que não me faltava e não havia mais nada importante ou desimportante em minha vida. Eu não sentia mais dor ou desesperança, não pensava mais em Hizb-Allah nem em Hizb-Achaitan, não via mais nada, exceto imagens de mim mesmo quando criança sendo amamentado por minha mãe com o leite morno de seu peito. De repente, eu me engasguei, abria e fechava a boca, socando o ar com meus braços e pernas. Meu rosto estava ficando azul e eu ia sufocar e morrer, deixando o mundo sem um Imã, sem um representante de Deus, não fosse minha mãe me dar um tapa forte nas costas, expulsando o leite das passagens de ar e fazendo o sangue fluir de volta para meu rosto, minha consciência e minha mente. Então vi o rosto de minha mãe a minha frente, e foi quando recuperei a memória e lembrei que haviam se passado vinte anos desde a última vez que a vi. Levantei-me, pressionei a mão sobre a ferida, para estancar o sangramento, e caminhei pelo velho caminho que eu conhecia tão bem e nunca poderia confundir. Bati na velha porta de madeira escura da casa dela, que se abriu com o barulho de uma roda-d'água. Eu pude ouvir a sola de seu pé rastejar sobre o chão conforme se aproximava da porta e sua voz inconfundível perguntar: Quem é? Sou eu, disse, e pude ouvir seu coração bater. Sua respiração era difícil, e sua mão áspera tremia enquanto abria a porta. Suas lágrimas eram uma névoa branca sobre os olhos, as pálpebras estavam sem cílios, as costas curvadas. Vinte anos se passaram. Antigamente minha mãe tinha cílios pretos longos e um porte ereto.

Ela me abraçou e suas lágrimas molharam a lã cara do terno oficial. Vinte anos, meu filho, vinte anos desde a última vez que te vi, ela disse. Eu estive muito ocupado, mãe, tantos problemas com os quais lidar, e todos tão difíceis que só Deus, louvado seja, podia resolver. Seu rosto está tão pálido, como se não tivesse comido uma refeição decente em vinte anos, ela comentou.

Então foi para a cozinha, caminhando com ligeireza, com as costas eretas de outrora, os pés voando no chão de pedra como se seu corpo tivesse ficado leve outra vez. Voltou da cozinha com os olhos cheios de felicidade; olhava-me através dos cílios escuros e fartos enquanto carregava uma bandeja de rosquinhas, mel e leite fresco da manhã. Aproximou-se de onde eu estava sentado, no velho sofá perto da janela, como eu fazia quando era criança, observando as estrelas e vendo Deus nas nuvens, que tinha o rosto parecido com o de meu pai. Eu podia ouvir seu coração bater, ver o brilho em seus olhos, sentir o tremor de suas mãos sob a bandeja, sacudindo os pratos. Restavam apenas três passos entre nós; seu coração girava de tanta felicidade e o mundo girava com seu coração. Ela deu o primeiro passo e depois o segundo, tentou dar o último, mas a perna não se moveu e eu a vi cair no chão. Estiquei o braço para segurá-la, mas minha mão não obedeceu. Toda vez que esticava os braços para abraçá-la, a distância entre nós aumentava, e ela ficava mais longe... e eu também.

O encontro da última esposa com a filha ilegítima

Eu não tinha pressa de vê-lo partir dentro de um caixão. Mesmo morto, ele acrescentava à minha vida uma espécie de "diálogo". Quando estava vivo, nunca houve conversa alguma entre nós. Apesar de escrever um artigo atrás do outro sobre o "diálogo", ele ficava calado o tempo todo ou não parava de falar, não havia meio-termo. Ele só ouvia a si mesmo e olhava para seu retrato emoldurado no jornal. Escrevia por hábito. Segurava a caneta sempre na mão direita e na esquerda apoiava a cabeça como se protegesse o cérebro, e, ainda assim, a escrita não lhe chegava com facilidade, era como a indisposição mensal, acompanhada ou não de dor. No verão, ficava sentado, bebia e beliscava salgadinhos e no inverno ele se esticava ao sol, bocejava com frequência, livrando-se do ar impuro que envolvia sua mente e recuperando a consciência. No andar superior do maior edifício, ele se sentava à mesa e olhava para os papéis e retratos. Em alguns estava com o Imã em reuniões da cúpula, nas sessões especiais do Conselho Consultivo e do Parlamento, ou durante celebrações e festividades; em concursos de beleza e de moda e também na ocasião da escolha dos mártires exemplares ou durante a distribuição de prêmios para os membros do Hizb-Allah ou do Hizb-Achaitan no Dia da Literatura e das Artes. Sempre estava na primeira fila, sob os olhares de admiração lançados da varanda do harém pelas respeitadas esposas de personalidades do Estado, viúvas de mártires, mães-modelo, e as senhoras das associações filantrópicas, todas reunidas, tendo no centro a esposa do Imã. Ela estendia a mão delicada, da qual luziam diamantes, e entregava a ele o Prêmio de Alta Literatura e o Certificado de Moral e Boas Maneiras, enquanto as mãos gordas em volta dela aplaudiam e os corpos quadrados vestidos de luto preto se equilibravam sobre os saltos altos, com o coração batendo forte no peito enquanto gritavam: Deus, a Pátria, o Imã!

O telefone dele nunca parava de tocar. Quando atendia, ele me dava as costas e sussurrava durante horas. Quando desligava, ele me dizia: Não convém a uma Esposa Legal surpreender seu marido no escritório como faz o Chefe da Segurança. Eu ria alto e retrucava: Não era minha intenção surpreendê-lo, contudo não convém a uma Esposa Legal deixar de passar por seu marido legal quando está a caminho de encontrar seu amante. Ele virava sua cadeira giratória para me enfrentar com todo o seu corpo e me olhava com olhos cheios de desejo. Ele me desejava mais quando eu desejava outra pessoa. Eu podia sentir seus olhos pregados em mim, mas olhava para o outro lado. À noite ele tentava me possuir em vão, então pegava a caneta e tentava escrever, mas não conseguia, e de manhã, quando abria o jornal, via o mesmo artigo sendo publicado pela centésima ou milésima vez. Seu rosto no retrato era mais velho que o rosto de Adão, que a paz esteja com ele. Transpirava fracasso com o suor de todos os poros e eu o observava se debatendo na derrota como uma mosca em um prato de mel. Enxugava o rosto com um lenço, sorria de repente e, como se acometido de uma tristeza súbita, dizia: Eu sou obcecado por escrever, e escrever, como o amor, mata. Mas eu dizia: Escrever não mata. Nada mata além da falta de uma verdadeira consciência; não é o amor que mata, mas sua ausência. Ele olhava para mim com os olhos ardendo de ciúme. Lá no fundo, ele esperava que sua consciência voltasse para que conseguisse escrever como desejava amar como eu amo, para que fosse ressuscitado após a morte. O sorriso em seu rosto permanecia fixo, e eu percebi que ele esconderia sua tristeza no coração até a morte. Eu costumava ouvi-lo rir alto o tempo todo, crente de que era incapaz de sentir tristeza. Eu o deixava sozinho em seu quarto para escrever, mas ele não escrevia, e de manhã eu via seu artigo preenchendo uma página inteira do jornal com seu retrato ao lado. Esperava que fosse seu rosto novo, mas era sempre o mesmo, o antigo.

*

Levantei a cabeça e vi o rosto dela, pálido e magro; os olhos pretos como duas estrelas brilhando na noite. Quem é você?, perguntei. Sou a filha dele, respondeu. Eu sou sua Esposa Legal, e ele não teve filha. Ele largou minha mãe e me renegou. Você é sua filha ilegítima, então. Sim, sou. Quando ela pronunciou essas palavras, meus olhos recuaram diante dos seus e, nesse recuo, meu corpo se abalou e, no abalo, o cérebro tremeu e, nisso, a consciência voltou, fazendo-me perceber que ele era um corpo em um caixão e ela era uma jovem virgem, e que ela e eu éramos parecidas em muitos aspectos, pois ela caminhava em duas pernas, não em quatro, e eu também, e tinha dois braços e duas mãos, e cada mão tinha cinco dedos. Ela estendeu a mão para mim sem medo; e exibia o colo desnudo sem receio. Então, eu estendi a mão para ela e nossas mãos se encontraram por cima do corpo deitado no caixão. Quando elas se encontraram, meu coração tremeu, e ela segurou minha mão na mão dela com um aperto firme, e eu segurei a mão dela na minha, mão de criança, do tamanho da minha palma, e era quente como meu corpo. Nossos braços se moveram uns em direção aos outros, e nossos corpos se abraçaram. Onde você esteve? Quando nasceu? Está viva?, perguntei. Ela permaneceu em silêncio, sem responder nada; apenas olhava para mim com olhos tão grandes que podiam conter toda a tristeza do mundo. Então, caminhando lentamente até a janela, ela olhou para o universo, abriu os braços como se para receber a Deus ou a uma mãe ou um pai. Seu olhar se fixou na imagem esculpida no caixão, em seguida se elevou, passeou sobre os arcos da Vitória, as cúpulas das igrejas, os minaretes das mesquitas, e de novo desceu para a terra, para as ruas, as casas, as lojas onde havia pessoas tomando suco, crianças de roupa nova de festa, soltando balões coloridos, que subiam com os gritos alegres das crianças e com a brisa fresca do rio e do mar. O riso das crianças correu por seu corpo como gargalhada. Ela estendeu os braços para abraçar as vozes e o sol com um abraço de mãe.

Eu estava ali, parada, observando-a enquanto ela olhava pela janela. Eu a ouvi respirar em suspiros, como alguém sufocando os soluços ou uma risada. Estava ofegante como se tivesse corrido sem parar. Eu pude ouvir seu coração bater quando pôs a mão sobre a ferida profunda que atravessou o peito abaixo do seio esquerdo. O rosto pálido sem sangue, os olhos secos sem lágrimas e as pupilas pretas brilhavam como os olhos do céu na noite. Eu a ouvi dizer com uma voz sussurrada como o farfalhar de folhas: Eu não chorei quando senti a punhalada me atravessar o peito. Eu me virei, para ver de onde veio. De pé novamente, pressionei a mão sobre a ferida para estancar o sangramento e andei, de ombros levantados, olhando para o sol acima de mim. Eu passei pelas ruas, pelas casas de portas e janelas fechadas e parei em frente à única porta aberta, acima da qual se lia: Casa da Alegria, e disse a mim mesma: Esta deve ser a porta que leva a Deus. Perguntei por minha mãe, pois não a via desde o dia em que nasci, me disseram que Deus a levara. Então pensei: Se eu encontrar Deus, vou encontrar minha mãe, e comecei a andar em meu sono com os braços estendidos para a frente, procurando por ela no escuro da noite. Mas eu não conhecia o rosto de Deus, pois só o encontrara em meus sonhos e no orfanato. Lá me chamavam de Bint-Allah, e, quando eu olhava para o muro alto, via a cúpula da igreja e a luz do minarete no topo da mesquita. O guardião da mesquita me disse que Deus não tinha filhos nem filhas, e o guardião da igreja me disse que Deus era o Pai, o Filho e o Espírito Santo, e que ninguém nunca tinha ouvido falar de Bint-Allah. Nunca vi meu pai e pensava que ele era Deus. Mais tarde, porém, ouvi que ele era um grande escritor na corte do Imã, que ele tinha filhos, dinheiro, uma boa reputação e nenhum inimigo, nem no Hizb-Allah nem no Hizb-Achaitan, e que todos gostavam dele, amigos ou inimigos, e que estava vivendo com sua última esposa uma vida ascética, igual à de Cristo. Ele não tocava em sua mulher a não ser nas noites de quinta-feira e, no dia seguinte, saía sem ablução atrás do Imã para as orações de sexta-feira. Depois de efetuar sua oração ajoelhado, movia a cabeça para a direita expressando sua obediência ao Hizb-Allah, em seguida, para a esquerda, em saudação ao Hizb-Achaitan, e pedia a misericórdia de Deus antes e depois de prostrar-se três vezes, ficava de pé, de corpo leve como o de um bebê, livre de qualquer pecado. Ele deixava a casa de adoração andando atrás do Imã com passos lentos e com a cabeça inclinada, o tempo todo murmurando versículos do Alcorão e repetindo os noventa e nove nomes sagrados de Deus nas contas de sua *massbaha*.

No longo corredor estreito, como a senda reta, que separava a sala de orações da sala de vinhos no andar térreo do palácio, o Imã ficava apenas um passo na frente dele, que entrava primeiro. Lá eles bebiam à velha amizade, recordando os dias de juventude, quando costumavam visitar juntos a Casa da Alegria.

Amor ilícito

Havia um jardim verde ao redor da sala de vinho do palácio e, ao redor do jardim, um muro alto com barras de ferro. No jardim vivia um cão-lobo, trazido do estrangeiro, cujo latido à noite era aterrorizante; ninguém se aproximava, exceto bandidos, djins e ifrites, que desapareciam de dia em túmulos, ou em casas semelhantes a túmulos, e só saíam à noite.

À luz vermelha e suave, o Imã se sentava com o copo na mão e, a um braço de distância, sentava-se o amigo de toda a vida. Entre eles havia uma almofada de penas de avestruz sob a qual estava um exemplar do Alcorão, escrito com letras de ouro, e um revólver com silenciador da melhor qualidade. Sempre que o cão latia, a mão do Imã rastejava sozinha para apalpar o revólver, e o coração do Grande Escritor batia forte, pois seus dedos delicados só tocavam a caneta. Desde criança, ele tinha medo do escuro e não sabia o que significava ter inimigos. Seus amigos do Hizb-Allah e do Hizb-Achaitan eram numerosos, esbanjava com eles o que Deus lhe dava, nutria essas amizades com dinheiro — o que lhe valeu a alcunha de Generoso Escritor —, mas em casa suas esposas o chamavam de avarento.

Na noite da Grande Festa, chegava em casa de mãos vazias sem presentes. De manhã, esquecia-se de deixar o dinheiro da despesa da casa. Voltava tarde da noite, de bolsos vazios e com a consciência perdida, cheirando a bebida e suor de mulher. Suas esposas nada diziam; nenhuma ousava abrir a boca, para não se arriscar a ser descasada por meio de um pronunciamento que ele daria deitado de barriga para cima, com a boca e os olhos semiabertos. Divorciada, só restaria à mulher arrumar sua trouxa e deixar a casa, sendo substituída por outra, que chegaria com mais medo do divórcio que da morte. Todo mundo sabia a respeito de seu marido, mas ela sempre foi a última a saber. Ouvia os rumores, mas se recusava a acreditar, afastava todas as ilusões de sua vida ou as escondia bem fundo, temendo revelá-las a si mesma para não se tornarem verdades inegáveis. Nunca abriu a boca, mas ainda assim o divórcio caiu sobre ela feito o destino, anunciando a chegada da terceira, que temia o destino e o inevitável. Nunca abriu a boca, nunca se permitiu a menor ilusão, mas o divórcio bateu em sua porta mesmo sem razão. Chegou então a vez da quarta esposa: jovem, de cabeça erguida, esguia e ágil como uma gazela, espreitava o destino e o inevitável como uma leoa de olhos bem abertos, pretos como os do Diabo. Lia livros de história e do patrimônio cultural, inclusive *As mil e uma noites*, além de todos os livros sagrados. Conhecia Deus e o Diabo, o Paraíso e o Inferno, não temia a morte nem tinha pressa em ver o Paraíso, pois nele não havia lugar para mulheres que não eram virgens.

*

Ele a pediu em casamento, levando na mão o contrato e adotando um rosto inocente. Mostrou seu retrato emoldurado, escondendo a avareza atrás da generosidade e o medo atrás do amor. Era como o pai dele: dormia às escondidas com as mulheres, lembrando-se da mãe apenas na hora da morte. Sua mãe havia nutrido outro amor além de cozinhar e ter um marido. Ela escondia folhas de papel embaixo da cama e escrevia contos, que reuniu em um livro. Foi seu primeiro e último livro, porque, depois de casada, nunca mais pegou em uma caneta. À noite, depois que o pai dele dormia, ela abria a gaveta da escrivaninha, tocava a capa e sentia as letras de seu nome gravadas no livro, como se tocasse uma joia preciosa. Ela olhava ao redor, com receio de que alguém a visse, mas seus olhos só se encontravam com os olhos de seu bebê, bem abertos no meio da noite, como o olho de Deus vendo o que ela estava fazendo. Então ela colocava o livro de volta na gaveta, trancava à chave e se deitava na ponta mais distante possível de seu marido, com o rosto virado para a parede, separados pelo filho, que fechava os olhos fingindo estar dormindo. De manhã, o pai batia nele para que decorasse as lições do dia anterior. Como sua mãe, ele escondeu seu amor por escrever sobre as coisas que sentia e continuou a estudar ciência como sendo o oposto da literatura. Conhecia de cor as palavras de Deus e com isso ganhava o amor de seu pai, afastando dele a suspeita da arte. No escuro da noite, ele podia sentir a orelha do pai auscultando as batidas de seu coração, tentando detectar alguma batida ou qualquer gota de arte que pudesse ter sido passada para ele pelo leite materno.

A amante

Ela veio da Casa da Alegria para dar uma última olhada nele, deitado sorrindo no caixão. Quando a viu se curvar sobre ele, fitou-a com olhos ardentes de paixão. Ela pensou: Um impulso derradeiro desesperado não levará a nada; seu desejo pelas mulheres sempre foi assim, como suas lutas contra o fracasso. As esposas legais estavam lá quando ela entrou de cabeça erguida, com o cabelo abundante enrolado e amarrado com um lenço branco adornado nas bordas com lantejoulas pretas. Seu olhar se afastou dele e pousou nas esposas legais vestidas com roupas de luto. Todas tinham a mesma postura: as mãos gordas entrelaçadas sobre o coração, os pés enfiados em sapatos de salto alto e as pernas coladas; quase não se ouvia sua respiração. Idênticas, a não ser por um distintivo nos ombros ou um broche no peito. Cara lavada, cabeça pequena, traseiro volumoso, corpo sem espírito, lábios finos pressionados em silêncio, olhos esbugalhados de sapo ou de peixe embaixo d'água. De repente, os lábios se moveram ao mesmo tempo em uma pergunta: Quem é você? Ela levantou a cabeça com uma altivez que as esposas legais desconheciam e disse: Sou sua amante, Jawahir. Seus corpos sacudiram-se sobre os saltos altos, fazendo despertar nelas a alma e a consciência. Enxergaram nos olhos de Jawahir um brilho da verdade, que lhes atravessou as pupilas e, apesar da dor, acabou atingindo um canto do coração. Amante de qual deles?, perguntaram em uníssono. De todos, do Imã ao guardião do minarete da mesquita, ela respondeu sem vacilar. Os olhos se arregalaram de pavor, que elas tentaram esconder com as mãos. Então apertaram os braços em torno do peito, fechando-se como uma concha, e, ofegantes, gritaram bem alto: Você é o Diabo, e sua punição é a morte! Depois, saíram correndo — os saltos altos batendo no chão produziam o mesmo som dos fogos que explodiam no ar. Apenas duas mulheres permaneceram depois que todas saíram: a filha ilegítima e a última esposa, de pé e de mãos dadas; logo depois, a amante se juntou a elas em um abraço forte, ao lado do corpo estendido no caixão. O sorriso já tinha desaparecido e as feições se desmanchado, deixando um rosto que já não se assemelhava ao do Imã, nem ao do Grande Escritor, nem ao do Chefe da Segurança, nem ao do Opositor Legal ou ao de membro algum do Hizb-Allah ou do Hizb-Achaitan. Ficou sem rosto, ou com o rosto de todos eles fundidos, sem características, de modo que não era mais possível distingui-los a não ser por um distintivo no peito ou uma estrela no ombro, ou algo na cabeça.

Nos espelhos do universo, apareceu uma imagem de três mulheres com a cabeça levantada, os olhos abertos, pretos como o olho da noite. Os corações pulsavam de amor; de braços entrelaçados, abraçadas, permaneciam firmes em um universo inerte.

Jawahir

Do caixão em que estava deitado, olhou para Jawahir com desejo, enquanto ela passava a mão por sua cabeça e chegava até a nuca, dando a volta nela como se fosse um fio de seda apertado em torno de seu pescoço, até que ele começou a respirar com dificuldade e sufocar. Mesmo assim, riu. Ela apertou mais forte até que o rosto dele ficasse azul, então afrouxou os dedos e começou a movê-los por entre os pelos brancos do peito, onde estava a conta azul que sempre usava desde que sua mãe a pendurou em torno de seu pescoço quando criança. Pegou-a entre dois dedos como um alicate e disse: Sua mãe temia o olho gordo em você, e eu temo o ouvido gordo. Ela puxava sua orelha, rindo e jogando o cabelo farto para trás com um movimento rápido da cabeça; enquanto isso, as orelhas dele ficavam de pé, tentando escutar os sussurros amorosos dela. Fitou-o nos olhos até a raiz de seu cabelo se eriçar. Ele escondia os fios brancos com uma tinta feita de henna preta enviada pela mãe em um saco pequeno de algodão cru. Ele diluía o pó na água e tingia os cabelos grisalhos, que ficavam tão pretos como a noite, mas os pelos brancos na barriga e no peito denunciavam sua idade. Ele costumava passar a mão nas rugas do rosto, abrindo os olhos com espanto, como se a velhice tivesse rastejado até ele durante o sono. Quando seus olhos se encontravam no espelho, ela afastava o olhar rapidamente para o lado, com medo do contágio, como se a velhice fosse uma doença transmitida pelo olhar. Nos olhos dela ele podia ver a pena por si mesma, pois era uma jovem que vivia com um velho moribundo. Ele passava os braços em volta dela e chorava entre seus seios, dizendo: Estou derrotado, Jawahir. Ela o afastava com um movimento rápido, pois no fundo sabia que ele queria infectá-la com sua impotência. A cada encontro, seu fracasso ficava mais evidente, mas ele nunca deixou de procurá-la; era uma espécie de vício, como a bebida para o alcoólatra — não vive sem ela e não morre senão por causa dela.

Ele nunca admitia a derrota; viciou-se tanto nela que se sentia vitorioso. Aproximava-se dela com prazer demasiado. Ele observava seu corpo se mexer por baixo da roupa enquanto caminhava, e nos olhos dela havia um brilho tão forte que lhe injetava vigor. Seu corpo tremia em seus braços como uma galinha sendo abatida, mas nada acontecia com o corpo dela. Você é diferente das outras mulheres, não tem noção do próprio corpo, embora tenha muita consciência de sua mente, ele dizia. Bocejava, como se o sono lhe chegasse de repente, depois abria os olhos para lançar a ela um olhar de ciúme, pois o que ele mais temia era sua mente, por isso tentava tê-la à força, como se pudesse restaurar o equilíbrio que se perdera. Mas isso só afirmava sua impotência, que era cada vez mais evidente. Saindo de lá, ele corria até a Esposa Legal, que mesmo dormindo o abraçava para que ele chorasse entre seus seios, como uma criança. Sem abrir os olhos, ela sentia no pescoço sua respiração quente, a qual lhe dava a sensação de que aflorava o desejo, porém não por ela, mas por outra mulher que ele era incapaz de possuir. Assim, em seu sono, ela descobriria que uma mulher que nenhum homem podia possuir era adorada por todos os homens, sem exceção, por ser a única mulher capaz de lhes causar dor; e, ainda dormindo, ela diria para si mesma: Os homens só amam quem os faz sofrer.

Mãe e filha

No espelho, ela se viu alta e esbelta. Ao redor da cabeça, havia uma auréola da cor da noite e seus olhos eram grandes como o sol. As curvas de seu corpo brilhavam com as cores do arco-íris, que se estendia sobre a colina verde entre o rio e o mar. Abriu os braços para envolver o mundo e moveu as pernas sobre a terra, com os pés pisando no ritmo da música. As melodias matinais, como as noturnas, a moviam, sua mente não conhecia descanso e seu corpo não parava de gingar. O ar ao redor era a música que ela amava, e a melodia em seu peito era o ar que lhe enchia os pulmões. Voava pelo espaço, qual espírito sem corpo, dava voltas e dançava, sem mexer o ventre nem mostrar as pernas. Levantou a cabeça para o céu, agarrando-se a ele, mas ninguém conseguia agarrá-la. Escutou as três batidas seguidas, tão conhecidas por ela; nunca as confundira. O rosto pequeno surgiu da nuvem, bem conhecido, nunca confundido, e distinguido por ela entre milhares de rostos. A pequena mão, branca e pálida, se projetou da manga com os dedinhos abertos levantados na direção do céu, como em um gesto de oração, mais verdadeiro que palavras. Seu olho grande, preto, como o olho do céu à noite. Ela escondeu o pequeno corpo perto do peito e começou a correr sem parar; atrás dela, pôde escutar os passos de metal, pois em cada sapato havia uma ferradura, como nos cavalos. Nas mãos eles seguravam uma arma ou uma pedra. Escondida no peito de sua mãe, seu coração pulsava com cada batida do coração dela. Seus cinco dedinhos se mexiam e apertavam o polegar da mãe, enquanto ela corria sob o manto da noite antes de o dia raiar. O sol demorou a nascer para protegê-las, a lua fechou os olhos e as estrelas dormiram. O universo ficou sem nenhuma luz. O guardião do palácio trancou os últimos portões e balbuciou o versículo do Trono. Todos dormiam: o Imã, o Hizb-Allah e o Hizb-Achaitan, até o vento e as árvores dormiam, mas ela estava ali. Parou e olhou em volta, temendo ser vista; não conseguiu ver nenhum olho na escuridão. Retirou a filha do peito e começou a arrumar o piso com a palma da mão: afastou pedras e seixos, polvilhou o chão com terra macia qual peito de mãe. Depois, deitou o corpinho com delicadeza. Tinha o rosto tão pequeno, tão pálido... o queixo tremia de tanto frio. Retirou seu lenço preto e a envolveu. A mão pequena tocou o dedo da mãe, agarrou-o e o apertou. Ela deixou o dedo na mãozinha enquanto tomava fôlego. Esqueceu que estavam atrás dela e que a distância entre eles se encurtara. Mesmo assim, deixou o dedo na mãozinha até o último momento. Ficou ali de pé olhando-a de cima quando a acertaram nas costas, várias vezes, uma atrás da outra; a mãe não tirou os olhos da filha, não se virou para eles nem caiu, pois já tinha caído antes, e a queda da queda é ascensão. Por mais que gritassem, ela lhes dava as costas, sabia que fugiriam de seu rosto se se virasse. Não podiam suportar no rosto os olhos dela, pois ela os conhecia bem, a começar pelo Imã, passando pelos guardas e sentinelas até os capangas. Todos a procuravam usando máscara, mas em sua cama, na Casa da Alegria, eles tiravam o rosto de borracha, o bigode, a barba, o turbante e as calças. Então ela os via nus, sem estrelas no ombro nem medalhas no peito; e todos se pareciam, cheiravam igual, faziam os mesmos movimentos. O comando era sempre deles: de repente atacavam ou recuavam, ou levantavam a bandeira da derrota que ficava armada como a crista de um galo, enquanto os foguetes explodiam no céu e as aclamações do povo ressoavam por toda parte. Ela ficava seminua sob as luzes, com sua fantasia de dança e os címbalos estalando entre os dedos. Tinha o corpo quente, a mente fria como o fio de uma espada e os olhos bem abertos e vermelhos, como o sol em um dia de verão. Ela os observava, um a um... como baixavam o olhar. Sabia que cada um deles tinha dois rostos, um gentil e bonito com lágrimas fluindo dos olhos e outro turvo, com olhos esbugalhados e nariz afiado como uma espada.

Quando cantava, sua voz era a própria música e seu corpo, esguio como uma gazela, era o amor em si. Ela não se importava de onde vinha a punhalada, se por trás ou pela frente, pois continuava a dançar; não estava preocupada com a ideia da morte. Ela não era um membro do Hizb-Allah nem do Hizb-Achaitan, não era homem nem mulher, nem humana, nem djim, mas sim tudo isso ao mesmo tempo, e, ainda que uma parte dela caísse, sobraria o todo.

O julgamento

Enquanto tentavam arrancar sua cabeça do corpo, descobriram que suas raízes estavam fincadas no solo. Eles se sentiam exaustos e com medo, mas esconderam o medo no cansaço e se sentaram à sombra para se proteger do sol. Enxugaram o suor do rosto com lenço, mas não tinham feição. Nada distinguia um rosto do outro nem uma pessoa da outra, a não ser uma marca na cabeça ou um distintivo no ombro. Ela conseguiu reconhecer o ombro do Chefe da Segurança quando estava parado à sua frente, passando o lenço nos ombros. Você tem algo a dizer antes de executarmos a ordem?, ele perguntou. Que ordem?, ela quis saber. A ordem do Imã, da Pátria e de Deus. Ela permaneceu em silêncio, sem dizer uma palavra. Você não acredita no Imã, na Pátria e em Deus?, ele perguntou. Os três de uma vez só?, ela indagou. Sim, ou acredita nos três ou em nenhum. Ela permaneceu em silêncio. Ele anotou algo no caderno. O silêncio significava que ela estava pensando, e pensar indicava falta de fé. Ele passou o lenço no rosto novamente e perguntou: Você tem mais alguma coisa a dizer? Sim, tenho, quero dizer que sou inocente e não cometi pecado algum, que tenho uma única mãe, a luz, e inúmeros pais cujo rosto e nome eu desconheço. Que não leio palavras escritas, que vivo na Casa da Alegria, mas em meu coração só há tristeza. O que é dia para vocês é noite para mim, o que é felicidade para vocês é tristeza para mim, o que é prazer para vocês é dor para mim, o que é vitória para vocês é derrota para mim, seu Paraíso é meu Inferno, sua honra é minha vergonha, sua lucidez, minha loucura, e sua insanidade, minha sensatez. Quando meu corpo morrer, meu coração viverá; mas a última coisa em mim a morrer será minha mente, pois pode viver com pouco, e tudo em mim morrerá antes de minha mente. Nenhum de vocês jamais possuiu minha mente. Por mais que tenham possuído meu corpo, ela permaneceu fora de seu alcance, como o olho do sol de dia, como o olho do céu à noite.

Ela os viu de pé, enfileirados diante dela, batendo uma mão na outra, admirados, surpresos. E ela os ouviu anunciar: Ela não é feiticeira nem louca. É ajuizada e suas palavras são muito sensatas. Sua sensatez passou a ser mais perigosa que sua loucura. Então decidiram condená-la à morte por um método mais rápido que o apedrejamento, para que não tivesse oportunidade de dizer mais nada. Eles também decretaram que seu julgamento não fosse publicado nos jornais e que seu processo fosse definitivamente arquivado e enterrado bem fundo na terra.

Título Original: سقوط الإمام / Suqut alímam

Os direitos de tradução da obra *A queda do Imã* foram acordados com a Casanovas & Lynch Literary Agency S.L.

Edição LAURA DI PIETRO
Preparação SILVIA MASSIMINI FELIX
Revisão ISABEL JORGE CURY e GABRIELLY ALICE DA SILVA
Projeto gráfico BLOCO GRÁFICO
Assistentes de design LETÍCIA ZANFOLIM, LÍVIA TAKEMURA e STEPHANIE Y. SHU

Dados internacionais de Catalogação na Publicação (CIP)

S124q
Saadawi, Nawal [1931-2021]
A queda do imã / Nawal El-Saadawi
Tradução: Safa Jubran
Rio de Janeiro: Tabla, 2023
200 p.

Tradução de *Suqut alímam*
Tradução do original em árabe

ISBN: 978-65-86824-66-7

1. Ficção árabe 2. Feminismo - Países árabes
I. Jubran, Safa II. Título.

CDD 892.76

Roberta Maria de O.V. da Costa, bibliotecária, CRB-7 5587

Editora Roça Nova Ltda.
+55 21 997860747
editora@editoratabla.com.br
www.editoratabla.com.br

Composto nas fontes Okaso e
GT Sectra e impresso em papel
Avena 80 g/m² pela gráfica Exklusiva
em novembro de 2023.

FSC
www.fsc.org
MISTO
Papel | Apoiando o manejo florestal responsável
FSC® C051266